Álvaro Mutis

Die letzte Fahrt
des Tramp Steamer

Zu diesem Buch
In so unterschiedlichen Häfen wie dem winterlichen Helsinki und dem karibischen Kingston begegnet Gaviero Maqroll immer wieder demselben Schiff: einem heruntergekommenen Tramp Steamer, ein Frachtschiff, das ohne feste Routen über die Weltmeere schippert. Auf einer Flussfahrt trifft er schließlich auf den ehemaligen Kapitän des Frachters, der ihm eine eigenartige Geschichte erzählt. Von der jungen libanesischen Reederin Warda Bashur, die sich in den Kopf gesetzt hat, einen geerbten Tramp Steamer von zweifelhafter Seetüchtigkeit als Frachtschiff zu betreiben. Von einem baskischen Kapitän, der sich auf das ungewöhnliche Abenteuer einlässt. Und von einer Liebe, die nur andauern kann, solange der Tramp Steamer über die Meere vagabundiert.

Der Autor
Álvaro Mutis (1923–2013) verbrachte einen Teil seiner Kindheit in Brüssel, kehrte jedoch jedes Jahr nach Kolumbien zurück. Das Land ist die Inspirationsquelle seines Schreibens. Seit 1956 lebte der Autor in Mexiko. 2001 wurde er mit dem Premio Cervantes geehrt, 2002 mit dem Neustadt-Literaturpreis.

Der Übersetzer
Peter Schwaar (*1947) studierte Germanistik und Musikwissenschaft, war Redakteur und ist seit 1987 freiberuflich tätig als Übersetzer u. a. von Tomás Eloy Martínez, Carlos Ruiz Zafón, Zoé Valdés und Adolfo Bioy Casares.

Mehr über den Autor und sein Werk auf *www.unionsverlag.com*

Álvaro Mutis

Die letzte Fahrt des Tramp Steamer

Die Abenteuer und Irrfahrten des Gaviero Maqroll

Aus dem Spanischen
von Peter Schwaar

Unionsverlag

Die Originalausgabe erschien 1989 bei Ediciones del Equiliverita, Mexiko.
Die deutsche Erstausgabe erschien 1994 im Suhrkamp Verlag,
Frankfurt am Main.

Ein Band im Zyklus der Maqroll-Romane: *Der Schnee des Admirals*, *Ilona kommt mit dem Regen*, *Ein schönes Sterben*, *Die letzte Fahrt des Tramp Steamer*, *Das Gold von Amirbar*, *Abdul Bashur und die Schiffe seiner Träume*, *Triptychon von Wasser und Land*.

Im Internet
Aktuelle Informationen, Dokumente und Materialien
zu Álvaro Mutis und diesem Buch
www.unionsverlag.com

Unionsverlag Taschenbuch 856
© by Álvaro Mutis 1988 und seinen Erben
Originaltitel: La última escala del Tramp Steamer
© by Unionsverlag 2019
Neptunstrasse 20, CH-8032 Zürich
Telefon +41 44 283 20 00
mail@unionsverlag.ch
Alle Rechte vorbehalten
Die erste Ausgabe dieses Werkes im Unionsverlag erschien 2005
Reihengestaltung: Heinz Unternährer
Umschlagfoto: Josh Withers (Unsplash)
Umschlaggestaltung: Peter Löffelholz
Satz: Greiner & Reichel, Köln
Druck und Bindung: CPI – Clausen & Bosse, Leck
ISBN 978-3-293-20856-8
1. Auflage dieser Ausgabe
2. Auflage als Taschenbuch

Der Unionsverlag wird vom Bundesamt für Kultur mit einem
Verlagsförderungs-Strukturbeitrag für die Jahre 2016–2020 unterstützt.

Auch als E-Book erhältlich

Für G. G. M. diese Geschichte, die ich ihm schon lange erzählen wollte, im Getöse des Lebens aber nicht erzählen konnte.

und ein Geräusch, ein Geruch nach altem Schiff,
nach fauligen Hölzern und meerzerfressenem Eisen
und müden Maschinen, die heulen und weinen,
den Bug vorwärts stoßen, gegen die Flanken
stampfen,
den Jammer zerkauen, Entfernungen schlucken
und schlucken,
wobei sie einen Lärm bitteren Wassers auf den bitteren Wassern hervorbringen
und das alte Schiff über die alten Wasser treiben.
*Pablo Neruda, »Das Gespenst des Frachtschiffes,
Aufenthalt auf Erden 1«*

Toujours avec l'espoir de rencontrer la mer,
Ils voyageaient sans pain, sans bâtons et sans urnes,
Mordant au citron d'or de l'idéal amer.
Stéphane Mallarmé, »Le Guignon«

Es gibt viele Möglichkeiten, diese Begebenheit zu erzählen – wie es auch viele Möglichkeiten gibt, die belangloseste Episode aus dem Leben jedes Einzelnen von uns zu beschreiben. Ich könnte mit dem beginnen, was für mich das Ende der Geschichte war, was für einen anderen Beteiligten jedoch noch nicht einmal der Anfang gewesen sein dürfte. Und die dritte in die Ereignisse, die ich zu schildern versuchen werde, verwickelte Person gar könnte wohl weder den Anfang noch das Ende dessen ausmachen, was sie damals erlebte. Also habe ich mich entschieden, die Geschehnisse so und in der Chronologie zu berichten, wie ich sie persönlich erfuhr. Vielleicht ist das nicht die interessanteste Art, diese einmalige Liebesgeschichte zu erfahren. Seit ich sie gehört hatte, war ich fest entschlossen, sie jemandem zu erzählen, der sich als Meister darin erwiesen hat, zu schildern, was den Menschen widerfährt. So habe ich es vorgezogen, jetzt, da ich sie für ihn schreibe – denn sie ihm zu erzählen, war mir nicht möglich –, es auf die einfachste, geradlinigste Art zu tun und mich nicht auf Pfade, Umwege und

Windungen einzulassen, die ich nicht beherrsche und die auszuprobieren in diesem Fall auch nicht ratsam wäre. Hoffentlich geht ob meines mangelnden Geschicks nicht der Reiz, die schmerzliche, eigenartige Faszination dieser Liebesgeschichte verloren, die in ihrer Vergänglichkeit und Unmöglichkeit etwas von den nie ausgeschöpften Legenden besitzt, die uns jahrhundertelang verzaubert haben, von Pyramus und Thisbe über Tristan und Isolde bis zu Marcel und Albertine.

Da ich die Geschichte, die ich erzählen werde, aus dem Munde des Protagonisten erfahren habe, bleibt mir nichts anderes übrig, als einzig auf mich selbst und meine geringen Mittel gestützt die Aufgabe ihrer Niederschrift anzupacken. Es wäre mir lieb gewesen, ein Begabterer hätte das getan, aber es war nicht möglich, die hastigen, lauten Tage unseres Lebens haben es nicht erlaubt. Diesen Vorbehalt wollte ich anmelden – er soll mich jedoch nicht vor dem gestrengen Urteil meiner unwahrscheinlichen Leser bewahren. Die Kritik wird wie immer alles andere übernehmen und diese Zeilen, die vom Zeitgeschmack so weit entfernt sind, der Vergessenheit zuführen.

Ich musste nach Helsinki reisen, um an einer Fachtagung für Firmenpublikationen der Erdölgesellschaften teilzunehmen. Ehrlich gesagt, hatte ich sehr wenig Lust dazu. Der November ging seinem Ende entgegen, und die Wettervorhersage für die finnische Hauptstadt war eher düster. Bei meiner Bewunderung für die Musik von Sibelius und einige unvergessliche Seiten des vergessensten aller Nobelpreisträger, Frans Eemil Sillanpää, war meine Neugier, Finnland kennen zu lernen, sofort angestachelt. Auch hatte man mir gesagt, vom äußersten Punkt der Halbinsel Vironniemi aus könne man an nebelfreien Tagen die wundersame Erscheinung von Sankt Petersburg mit seinen goldenen Kirchenkuppeln und dem imposanten Wunderwerk seiner Häuser sehen. Diese Überlegungen genügten, um die schreckliche Aussicht auf einen Winter ins Auge zu fassen, wie ich nie zuvor einen erlebt hatte. Tatsächlich war Helsinki bei vierzig Grad unter null wie in einem durchsichtigen, undurchdringlichen Kristall erstarrt. Jeder Backstein seiner Häuser, jeder Winkel in den Gittern seiner unter marmornem

Schnee begrabenen Parks, jedes Detail seiner öffentlichen Denkmäler hob sich in schneidender, fast unerträglicher Reinheit ab. Durch die Straßen der Stadt zu streifen, war ein lebensgefährliches Unternehmen, das freilich beunruhigende ästhetische Entschädigungen bot. Als ich meinen Kollegen auf dem Kongress andeutete, ich wolle versuchen, auf den östlichsten Kai des Hafens zu gelangen, um von dort aus die Stadt Peters des Großen zu erspähen, schauten mich alle an, als wäre ich ein Verrückter ohne die geringsten Überlebenschancen. Bei einem der offiziellen Abendessen warnte mich ein finnischer Kollege höflich, aber – da meine Absicht derart ungeheuerlich war – mit einiger Reserve vor den Gefahren, denen ich ausgesetzt wäre. »An diesem Ort«, erklärte er, »weht ein so heftiger Wind, dass er sämtliche Hindernisse, die ihm in die Quere kommen, als Eisklötze hinter sich zurücklässt. Jeder noch so dicke und schützende Mantel hilft nichts in diesem Fall.« Ich fragte ihn, ob ich mir an einem ruhigen Tag, an einem der seltenen, wo sich eine flüchtige, aber strahlende Sonne zeige, meinen Traum erfüllen könnte, das Venedig des Nordens zu sehen, und sei es nur aus der Ferne. Ja, es war möglich, vorausgesetzt, ich hatte einen Wagen zur Verfügung, der mich auf der Stelle ins

Hotel zurückbrachte, sobald das Wetter umschlug, was in dieser Jahreszeit innerhalb weniger Minuten geschehen konnte. Die Vertreter meiner Gesellschaft in Finnland boten sich an, mir ein Auto zu besorgen und mich rechtzeitig zu benachrichtigen, sobald ein sonniger Tag bevorstünde.

Die Gelegenheit bot sich sehr viel eher, als ich erwartet hatte. Schon nach zwei Tagen erhielt ich einen Anruf, in dem man mir mitteilte, ich würde am nächsten Tag abgeholt und an den bewussten Ort gebracht. Die Meteorologen unserer Firma hätten drei Stunden Sonne ohne eine Spur von Nebel garantiert. Mit beispielhafter Pünktlichkeit holte mich anderntags das Auto vor der Hoteltür ab. Wir nahmen die Ringstraße, die einen Teil der Stadt umgibt und in die Außenbezirke bis zum Molenbereich führt. Der Fahrer beherrschte keine andere Sprache als Finnisch. Nicht einmal mit den paar schwedischen Brocken meiner Erfindung war eine Verständigung möglich. Aber mit diesem wie den Seiten des *Kalevala* entsprungenen Lenker hatte ich auch nicht viel zu reden. Die Fahrt, die ich mir länger vorgestellt hatte, dauerte nur knapp zwanzig Minuten. Als ich ausstieg, verschlug mir das Schauspiel die Sprache. Die Luft war vollkommen durchsichtig. Jeder Kran auf den Molen, jeder Halm am

Ufer, jedes Schiff, das in unwirklicher Stille auf den unbeweglichen Wassern der Bucht kreuzte, sah so rein aus, als habe die Welt eben erst begonnen. Mit derselben Klarheit erhob sich im Hintergrund in unfasslicher Nähe die Stadt, die Peter Romanow erbaut hatte, um seinen genialen Autokratenwahnsinn und, da er ein verschlagener Sprössling Iwans des Schrecklichen war, gleichzeitig schäbigen Plan zu erfüllen. Die weißen Häuser und die strahlenden Kirchenkuppeln, die Molen aus blutrotem Granit und die lieblichen, die Kanäle überspannenden Brücken im italienischen Stil waren zum Greifen nahe. Eine riesige, an der Fassade der Admiralität flatternde rote Fahne holte mich in eine Gegenwart zurück, deren schwülstige Dummheit in diesem Augenblick und in dieser Szenerie, die mich mit ihren perfekten Proportionen und dem Hauch von anderer Welt überwältigte, unvorstellbar erschien. Ich setzte mich auf die Kante der Granitmauer, die den Asphaltweg schützte, und versank, die Füße über dem stählernen Wasserspiegel, in die Betrachtung eines Wunders, das sich in meinem Leben ganz gewiss nie mehr wiederholen würde. In diesem Moment erschien mir zum ersten Mal der Tramp Steamer, eine Figur von einzigartiger Bedeutung in der Geschichte, die uns beschäftigt.

Bekanntlich werden so die Frachtschiffe mit kleiner Tonnage genannt, die zu keiner der großen Schifffahrtsgesellschaften gehören und auf der Suche nach Gelegenheitsladungen, die sie irgendwohin bringen können, von Hafen zu Hafen kreuzen. So leben sie mehr schlecht als recht, ihre verwundete Erscheinung sehr viel länger durch die Zeit schleppend, als uns ihr kritischer Zustand annehmen lassen könnte.

Langsam wie ein angeschlagener Saurier kam er plötzlich in mein Gesichtsfeld. Ich traute meinen Augen nicht. Das strahlende Wunder Sankt Petersburg im Hintergrund, drang der jammervolle Frachter allmählich in den Raum ein, die Breitseiten bis zur Wasserlinie hinunter voll schmieriger Rost- und Schmutzspuren. Die Kommandobrücke und die für Besatzung und gelegentliche Fahrgäste bestimmten Kajüten waren vor sehr langer Zeit weiß gestrichen worden. Jetzt überzog sie eine Schmutz-, Öl- und Rostschicht mit einer undefinierbaren Farbe, mit der Farbe des Elends, des unaufhaltsamen Niedergangs, einer verzweifelten, unablässigen Abnutzung. Unwirklich glitt er dahin, im Todesröcheln seiner Maschinen, im stockenden Rhythmus seiner Pleuelstangen, die von einem Augenblick auf den andern für immer zu verstummen drohten. Schon nahm er in dem unwirklich-heiteren Schauspiel, in das ich versunken war, den Vordergrund ein, und mein verwundertes Staunen ging in etwas sehr schwer Definierbares über. Dieser heruntergekommene Meerstreicher war so etwas wie ein Zeugnis unseres Schicksals auf Erden. Ein ›*pulvis eris*‹, das sich auf diesem Wasser von geschliffenem Metall, die golden-weiße Ankündigung der Hauptstadt der letzten Zaren im Hintergrund, noch beredter und bestimmter ausnahm. Zu meiner Seite erhoben sich die schlanken Konturen der Häuser und Molen des finnischen Ufers. In diesem Augenblick keimte in mir eine solidarische Sympathie für den Tramp Steamer auf. Ich empfand ihn wie einen unglücklichen Bruder, ein Opfer menschlicher Nachlässigkeit und Gier, auf die er mit der halsstarrigen Entschlossenheit antwortete, auf sämtlichen Meeren die unansehnliche Kielspur seiner Schlingen von Hafen zu Hafen weiterzuziehen. Ich sah, wie er sich in die Bucht hinein entfernte, auf der Suche nach einer unauffälligen Mole, um ohne großes Manövrieren und, vielleicht, auf billigstmögliche Art anzulegen. Am Heck hing die Flagge von Honduras. Ein durch das Werk der Wellen verwischter Name ließ kaum seine letzten Buchstaben erkennen: ...*ción.* Es war sehr wohl möglich, dass dieser alte Frachter wie durch eine Ironie, die eher einem Hohn glich, *Alción,* Eisvogel, hieß. Unterhalb des beschädigten Schriftzugs konnte man, nicht ohne Mühe, den Heimathafen lesen: Puerto Cortés. Meine Erfahrung in Meeresdingen, im verworrenen, schäbigen Netz des Seehandels war zwar beschränkt, jedoch ausreichend, um mich keine albernen Erwägungen über die Kontraste anstellen zu lassen, die sich aus der Erscheinung eines elenden Karibikfrachters inmitten eines so vergessenen, harmonischen nordeuropäischen Panoramas ergaben. Der honduranische Frachter hatte mich wieder in meine Welt zurückversetzt, ins Zentrum meiner Erinnerungen – hier, zuäußerst auf der Halbinsel Vironniemi, hatte ich nichts mehr verloren. Zum Glück trat der Fahrer, der aussah wie Lemminkainen, zu mir, um mich auf den Himmel aufmerksam zu machen, an dem sich in Schwindel erregendem Tempo die bleiernen Wolken türmten und einen unmittelbar bevorstehenden Temperatursturz ankündigten. Als ich wieder im Hotel war, befragten mich meine Kollegen zu dem Erlebnis, von dem ich vorher so ausgiebig gesprochen und so viel erwartet hatte. Ich redete mich mit ein paar wenigen konventionellen und nichts sagenden Worten heraus. Der Tramp

Steamer hatte mich in einer Wirklichkeit zurückgelassen, die so fern von dieser skandinavischen und baltischen Gegenwart war, dass es besser war zu schweigen. Eigentlich gab es wenig zu sagen. Dort wenigstens.

Oft rechnet das Leben in einer Weise mit einem ab, über die man besser nicht einfach hinweggeht. Solche Abrechnungen sind wie Bilanzen, die es uns anbietet, damit wir uns nicht zu sehr in der Welt der Träume und der Fantasie verlieren und wieder zur warmen, täglichen Abfolge der Zeit zurückfinden, wo sich in Wirklichkeit unser Schicksal abspielt. Diese Lektion wurde mir etwas mehr als ein Jahr nach meinem Besuch in Finnland und meiner dortigen Begegnung erteilt, einer Begegnung, die zu einem immer wiederkehrenden Stoff meiner Albträume wurde. Ich weilte als Presseberater einer Kommission von Torontoer Technikern in Costa Rica, die eine Studie für den Bau einer Pipeline von einem Hafen, an dessen Namen ich mich nicht mehr erinnere, ins Landesinnere erstellten. Freunde, die ich auf einer stürmischen, sich zwischen Alkohol und mehr als zweifelhaften Nachtklubs abspielenden Konferenz kennen gelernt hatte, hatten mich in San José zu einer Jacht-Kreuzfahrt durch die Nicoya-Bucht bei Punta Arenas eingeladen. Ich nahm an, erfreut, dem albernen

Geplauder meiner Arbeitskollegen und den nicht enden wollenden Erinnerungen an ihre Heldentaten im Golf zu entkommen, etwas, was mir sogleich Brechreiz verursacht. Einer der Gastgeber, namens Marco, mit dem ich in der vorangegangenen Nacht nicht wenige Theorien über den Alkohol und seine Folgen in verschiedenen Verhaltensbereichen geteilt hatte, holte mich mit seinem Auto ab. In etwas über einer Stunde wären wir in Punta Arenas. Der Besitzer der Jacht erwarte uns dort mit seiner Frau, die auch an der Spazierfahrt teilnehmen werde. Etwas in Marcos Worten zeigte mir, dass er diesbezüglich mehr wusste, es aber für sich behielt, vielleicht um mir eine Überraschung zu bereiten. Ich beherrschte meine Neugier, und mit Erinnerungen an unsere klägliche Irrfahrt in der Nacht zuvor verbrachten wir den Rest der Fahrt. Als wir in Punta Arenas ankamen, sah ich mich wieder dem Wasser des Pazifik gegenüber, das immer grau ist und immer bereit, seine Stimmung zu wechseln, in Valparaiso ebenso wie in Vancouver. Es war sehr heiß und feucht, was meine Nerven entspannte, sodass ich mich jetzt darauf einrichten konnte, den Ausflug aufs Meer zu genießen, über den ich mir sehr richtige Vorstellungen gemacht hatte, wie sich später herausstellen sollte. Das Haus des Jachtbesitzers sah recht baufällig und doch gemütlich aus, wie es an den Küsten unserer Länder auf Schritt und Tritt zu finden ist. Das heterogene Mobiliar war offensichtlich aus Restbeständen von Häusern der Familie in San José zusammengetragen worden. Der Eisschrank war vollgestopft mit Bier, mehreren Dosen Kaviar und diesen unvermeidlichen, in ein Bananenblatt gewickelten Maispasteten, die sich *Tamales* nennen und eine ebenso unerschöpfliche wie ungenießbare Vielfalt von Maispasten umschließen und im Innern weiß Gott was für einen gefährlichen Zusatz bergen, der von Gürteltierfleisch bis zu wildem Puter reichen kann. Wir trugen alles zur Jacht, die so imposant war, dass sie den Patios des Hauses die Sonne nahm. Auf ein Zeichen des Besitzers stiegen wir das Leiterchen hoch, von dem uns ein riesenhafter, lächelnder Schwarzer, dessen knappe Bemerkungen auf eine hellwache Intelligenz und einen unerschütterlichen Humor hindeuteten, an Deck hinunterhalf. Unter dem Kommando des Besitzers, der sich von dem Schwarzen beraten ließ, wurden die Motoren angeworfen. Plötzlich lenkten die Rufe einer Frau – »Ich komm ja schon! Ich komm ja schon! Wartet doch auf mich, zum Teufel!« – unsere Blicke zum Haus zurück. Von dort rannte eine Frau in einem der knappsten Bikinis, an die ich mich erinnern kann, auf uns zu. Groß gewachsen, die Schultern leicht ausladend und lange, bewegliche Beine mit kräftigen Schenkeln. Das Gesicht war von dieser konventionellen, aber untadeligen Schönheit, die dank einem gut aufgetragenen Make-up und regelmäßigen Zügen zustande kommt, welche keine besondere Anmut brauchen. Je näher sie dem Boot kam, desto offenkundiger wurde die Vollkommenheit dieses fast aggressiv jugendlichen Körpers. Ihr lief ein sechs- oder siebenjähriger Junge hinterher. Mit gazellenhafter Elastizität sprangen sie auf die Jacht. Lächelnd, aber außer Atem grüßte sie und hieß ihren Sohn dasselbe tun. »Wenn ihr mich hier lasst, verhungert ihr, ihr Dummköpfe. Nur ich weiß, wo das Essen ist und in welcher Reihenfolge es aufgetragen wird.« Sie lachte vergnügt, während ihr Mann mit leichtem Stirnrunzeln so tat, als beschäftige er sich mit dem Armaturenbrett. Leise gab er dem Steuermann einen Befehl und ging dann ohne irgendeine Bemerkung aufs Vorderdeck. Dort setzte er sich steuerbords auf die Reling und begann mit einer Fünfundvierziger auf die Pelikane zu schießen, die über uns kreisten. Im Rhythmus der Schüsse, von denen keiner sein Ziel traf und die nur unsere Ohren betäubten und das Gespräch erschwerten, verschärfte sich die Spannung des Paars mit recht lästiger Deutlichkeit. »Macht euch keine Sorgen«, sagte sie und lächelte noch immer. »Wenn ihm die Munition ausgeht, wird er uns in Frieden lassen. Was möchtet ihr? Ein Bierchen gegen die Hitze oder lieber ein Schnäpschen?« Diese Diminutive im Mund der Costa-Ricanerinnen haben mich schon immer beunruhigt und in einen Zustand nachtwandlerischer Wachsamkeit versetzt, der eher zu einem völlig verwirrten Halbwüchsigen passt. Wir entschlossen uns, ihr bei der Zubereitung einiger Gin Tonics zu helfen. Sie ging von einem zum andern, um jedem sein Glas zu geben, und es war, als träte die ›*golden dräuende Aphrodite*‹, die Borges beschwört, auf uns zu, um uns zu segnen. Obwohl sich diese Schönheit in Reichweite unserer Sinne mit verächtlicher Natürlichkeit unter uns bewegte, fand das Gespräch endlich einen ungezwungenen, flüssigen Verlauf. Die Mutter schenkte dem Jungen, dem übel wurde, eine Aufmerksamkeit, die mir etwas übertrieben erschien. Es war, als versuchte sie damit die Schuld auszugleichen, die in der offensichtlichen Ehekrise ihr zukommen mochte. Als wir die Öffnung der Bucht erreichten, legten wir an einer kleinen Insel an, und dort wurde das Mittagessen serviert: eine denkwürdige Languste zu einem etwas weniger wunderbaren Rheinwein aus Napa Valley.

Immer wenn wir ungestört waren, erzählte mir Marco, die Ehestehe kurz vor ihrer Auflösung. Der Jachtbesitzer, Erbanwärter eines riesigen Vermögens, arbeite den ganzen Tag als Sklave unter seinem Vater, einem unerbittlichen Asturier. Abends führe er sein Junggesellenleben weiter, als hätte er nie geheiratet. Seine Frau habe ihn mehrmals dabei ertappt, wie er mit dem Auto voller Nutten durch die Hauptstraße von San José fuhr, wenn sie nach Einbruch der Dunkelheit von ihren Eltern nach Hause zurückkehrte. Sowie er die Kugeln seiner Pistole verschossen hatte, unterhielt sich der junge Erbe auf der ganzen Fahrt mit dem Schwarzen und besprach mit ihm Angelegenheiten des Schiffsunterhalts. Manchmal geruhte er in einer eher gezwungenen Freundlichkeit, die kaum ein richtiges Gespräch aufkommen ließ, das Wort an uns zu richten. Unterdessen teilte sich seine Frau in die Betreuung ihres Sohnes und die Aufmerksamkeiten für jeden Einzelnen von uns, mit denen sie uns in spontaner, liebenswürdiger Herzlichkeit überhäufte, wie sie bei den Landsmänninnen ihres Standes weit verbreitet ist und noch offensichtlicher und ausgeprägter bei denen niedrigerer

Klassen. »Man hat mir gesagt, Sie sind Schriftsteller«, wandte sie sich mit oberflächlicher Neugier an mich. »Was schreiben Sie denn? Romane oder Gedichte? Ich lese sehr gern, aber nur romantische Dinge. Ist das, was Sie schreiben, sehr romantisch?« Ich wusste nicht recht, was antworten. Die Spannung war groß. Ich entschloss mich für die Wahrheit. Es wäre idiotisch gewesen, zu denken, das Gespräch könnte irgendeine verheißungsvolle Zukunft haben. »Nein«, antwortete ich, »sowohl Gedichte wie Erzählungen geraten mir immer schwermütig.« – »Das finde ich aber seltsam, Sie sehen nicht sehr traurig aus und auch nicht so, als hätte Ihnen das Leben viele Schläge versetzt. Warum also traurige Dinge schreiben?« – »So kommen sie eben heraus« – ich versuchte, dieser Befragung ein Ende zu setzen, deren herausragendstes Merkmal nicht eben Intelligenz war –, »ich kanns auch nicht ändern.« Einen Moment lang versank sie in Nachdenken, und ein ganz leichter Schatten der Enttäuschung huschte ihr übers Gesicht. Keinen Moment dachte ich, sie meine es ernst. Ohne dass ich gerade von der Gruppe ausgeschlossen worden wäre, galt von diesem Augenblick an das schönste Lächeln natürlich nicht mehr mir.

Als die Dämmerung hereinbrach, kehrten wir

nach Punta Arenas zurück. Ich musste an diesem Abend für eine Sitzung im Wirtschaftsministerium in San José sein. Die Sonne, der künstlich aromatisierte kalifornische Wein und Figur, Stimme und Bewegungen dieses Frauenkörpers in der Spätnachmittagshitze machten mich immer schläfriger, bis ich in einen Schlummer sank, der mich jedoch nicht richtig übermannte, da ich den Worten des Gesprächs lauschte, ohne tief in ihren Sinn einzudringen. Plötzlich trat eine unerklärliche Stille ein, und ich spürte, wie ein kühler, ungewöhnlicher Schatten alles überflutete. Der Motorenlärm prallte an einer Fläche in der Nähe ab und hörte sich auf eine neue Art schrill und irritierend an. Ich erwachte, und als ich die Augen aufmachte, sah ich, dass wir längs eines Schiffs kreuzten, das mit schwer arbeitenden Maschinen den Hafen verließ. Im ersten Augenblick erkannte ich es nicht – einfach weil ich es nie so nahe gesehen hatte. Es war der Tramp Steamer von Helsinki. Dieselben mit großen Rost- und Schmutzflecken übersäten Breitseiten, die Kabinen und die Kommandobrücke unverändert verwahrlost und das Todesröcheln seiner Motoren wegen der Nähe noch ausgeprägter. In Helsinki war mir aufgefallen, dass es keine Besatzungsmitglieder gegeben, dass sich keine

Fahrgäste bewegt hatten. Nur eine undeutliche Silhouette auf der Brücke hatte die Anwesenheit von menschlichen Wesen bezeugt. Damals schrieb ich das der niedrigen Außentemperatur zu. So musste es gewesen sein, denn jetzt beobachteten uns von den Luken und der Reling des Vorderdecks aus einige Matrosen in schmutziger, öl- und schweißbefleckter Kleidung und mit unpersönlichen Gesichtern, auf denen mehrwöchige Bärte zu sehen waren. Einige sprachen englisch, andere offenbar türkisch und ein paar wenige portugiesisch. Jeder Einzelne hielt es für nötig, in seiner Sprache Kommentare über die uns begleitende Frau zu machen, die ihnen in raffinierter Naivität zulächelte und beim Grüßen so heftig mit den Armen fuchtelte, dass ihre Brüste fast entblößt waren. Die Bemerkungen schwollen an, und unwillkürlich musste ich daran denken, dass diese unwirkliche Erscheinung die Männer nun weiß Gott wie lange auf ihrer stürmischen Reise begleiten würde. Die Sonne wärmte uns wieder, und zum zweiten Mal konnte ich am Heck die rätselhafte Silbe …*ción* lesen und darunter Puerto Cortés, in weißen Buchstaben, deren Farbe unter einer Schicht von Öl, Schmutz und mennigefarbenen Flecken zu verschwinden drohte, welche umsonst den gerippezerfressenden Rost zu bezwingen versuchten. »Diese armen Kerle kommen nicht einmal bis Panama«, bemerkte die Frau laut, mit einer gewissen halb mütterlichen, halb kindlichen Traurigkeit in der Stimme. »Vor zwei Jahren sah ich sie in Helsinki«, antwortete ich, ohne recht zu wissen, weshalb. »Wo ist das denn?«, fragte sie etwas erstaunt. »In Finnland. Im Baltikum, nahe dem Nordpol«, musste ich ihr schließlich erklären, als ich feststellte, dass ihr diese Namen wenig oder gar nichts sagten. Die Anwesenden schauten mich neugierig, fast misstrauisch an. Ich hatte nicht die geringste Lust, ihnen die ganze Geschichte zu erzählen. Außerdem war sie nicht für sie. Sie gehörte nicht ihnen. Die Episode mit dem Frachter, mein Schweigen und die beschwerliche Verdauung all dessen, was wir zu uns genommen hatten, ließen das Gespräch verstummen, bis wir anlegten. Wir stiegen aus und gingen direkt zu unserem Wagen, wo wir uns von dem Paar mit den erstbesten Worten verabschiedeten, die uns in den Sinn kamen, und während sie sich ein leichtes Baumwollstrandkleid über den Kopf streifte, sagte sie, nicht ohne leichte Ironie, zu mir: »Wenn Sie etwas Romantisches schreiben, schicken Sie es mir, nicht wahr? Und wäre es auch nur als Dank für die Languste.« Das alte, wohl bekannte Spiel, dachte ich. Das von

Nausikaa und Madame Chauchat. Manchmal reizvoll, aber sehr oft verwirrend und unnütz. Auf dem Weg nach San José merkte ich, dass ich den Namen unserer schönen Kreuzfahrtbegleiterin gar nicht kannte. Ich mochte Marco nicht danach fragen. Es war besser, diese beiden anonymen Erscheinungen, die von da an in meinem Geist nicht mehr zu trennen sein sollten, in der Erinnerung zu behalten: die botticellische Liebenswürdige, die nicht vor Anzüglichkeiten zurückschreckte, und das heruntergekommene Phantom des Tramp Steamer.

Der Zufall sollte mir noch zwei weitere Begegnungen mit dem umherziehenden honduranischen Frachter bescheren. Aber schon mit den ersten beiden war seine eingefallene Erscheinung Teil dieser obsessiven Heimsuchungen geworden, hinter denen die Triebfedern des unpräzisen Spiels lauern, dessen Regeln sich jeden Augenblick ändern und für das wir den Namen Schicksal gefunden haben. Ich kann nicht sagen, die nächsten Begegnungen hätten den vorherigen etwas hinzugefügt. Natürlich trugen sie dazu bei, dieses Bild noch beständiger werden zu lassen, das von der geheimen Essenz dessen erfüllt war, was jedes menschliche Schicksal zu seinem ›*Abschluss und Ende*‹ führt: der Bestimmung zu sterben. Deshalb möchte ich diese beiden Episoden erzählen, die sich von den bereits geschilderten nur durch ihren Schauplatz unterscheiden.

Jamaika war einer meiner Lieblingsorte in der Karibik gewesen und Kingston lange Zeit Zwischenstation auf dem Luftweg, der mein Land mit den Vereinigten Staaten verbindet. Diesen Halt pflegte ich zu verlängern, normalerweise über ein ganzes Wochenende, um das außerordentliche Klima und die Landschaft zu genießen, die schon Admiral Nelson, als er Gouverneur der Insel war, in Briefen an seine Familie gepriesen hatte. Die ganze Karibik ist für mich stets ein unvergleichliches Gebiet gewesen, wo sich die Dinge in exakt dem Rhythmus und der Aura ereignen, die aufs Angenehmste mit den nie verwirklichten Vorhaben meines Lebens übereinstimmen. Dort beruhigen sich all meine Geister, und meine Gaben schärfen sich so sehr, dass ich mich schließlich als ein ganz anderer fühle als der, der sich in Städten weitab vom Meer herumtreibt oder in Ländern unangenehm konformistischer Achtbarkeit. Einige Karibikinseln haben für mich jedoch das Privileg, diese von Ponce de León gesuchte Art, vom Wasser bespült zu werden, im Höchstmaß zu bieten. Jamaika war einer dieser Orte. Aus Gründen, über die sich aufzuhalten nicht lohnt, besuchte ich es mehrere Jahre lang nicht mehr. Als ich wieder hinging, hatte sich alles verändert. Eine latente Aggressivität, die jederzeit zum Ausbruch kommen konnte, hatte seine Bewohner zu Wesen gemacht, bei denen höchste Vorsicht angebracht war, um keinen Zwischenfall zu provozieren. Diese Spannung ließ sich sogar im Klima feststellen, das sich zwar in seinem Wesen nicht verändert hatte, von den Jamaikanern aber in anderer Art und Laune aufgenommen wurde. Noch ein Paradies, das sich schließt, dachte ich. Viele andere hatten denselben Prozess durchgemacht. Ein weiteres bedeutete für mich kein großes Opfer mehr. So wie von einem gewissen Alter an nur noch zwei oder drei Gedanken unser Interesse bestimmen und nähren, so lassen sich auch die verschiedenartigsten Orte, die uns die Erde als ideal anbietet, auf zwei oder drei reduzieren, und vermutlich sind diese noch zu viel. Nun, jedenfalls nahm ich mir fest vor, nicht wieder nach Jamaika zu gehen, und fand andere Mittel und Wege, die auffrischende, reiche Karibik zu genießen.

Mehrere Monate nach meiner Fahrt durch Costa Rica und dem Ausflug in die Nicoya-Bucht bestieg ich in Panama ein Flugzeug nach Puerto Rico, wohin mich das Lehrerkollegium von Cayey eingeladen hatte, um über meine Dichtung zu sprechen. Wir starteten im Morgengrauen. Nach einer halben Flugstunde mussten wir nach Panama zurückkehren, »um eine kleine Panne im Belüftungssystem zu überprüfen«. In Wirklichkeit war eine Turbine ausgefallen, sodass der andern eine Leistung zugemutet wurde, die die arme, durchgeschüttelte 737 nicht sehr lange auszuhalten den Anschein machte. In Panama hielten wir uns zwei nicht enden wollende Stunden damit auf, den Mechanikern zuzuschauen, die wie Ameisen an der erwähnten Turbine Teile aus- und wieder einbauten. Durch den Lautsprecher wurde uns mitgeteilt, die kleine Panne sei schon ›in Ordnung gebracht‹ – weshalb, so frage ich mich immer, muss man der Sprache Gewalt antun, wenn man mit technischen Dingen Probleme hat? – und wir könnten an Bord gehen. Das Flugzeug startete ohne weitere Unannehmlichkeiten. Anderthalb Stunden später, als der Kapitän eben ankündigte, in wenigen Momenten würden wir Kuba überfliegen, wurden wir so durchgeschüttelt, dass sich unter den Passagieren ein blasses Schweigen breit machte, das nur von den etwas unzusammenhängenden Erklärungen der Stewardessen gestört wurde, welche durch den Gang eilten und ihre eigene Panik zu verbergen suchten.

»Wegen einer technischen Störung in unserer linken Turbine sehen wir uns gezwungen, in Kingston, Jamaika, zu landen. Schnallen Sie bitte die Sicherheitsgurte fest und stellen Sie Ihre Sitzlehnen sowie die Tischchen senkrecht. Wir beginnen mit dem Anflug.« Es war die Stimme des Kapitäns, deren Ruhe nicht allen Fluggästen als gutes Omen erschien. Ich klappte das Buch zu, in dem ich gelesen hatte, und freute mich darauf, das Panorama der Bucht von Kingston zu genießen, die in meiner Erinnerung einer dieser typisch karibischen Winkel war. Tatsächlich, als die Maschine über dem Hafen zu kreisen begann, konnte ich wieder die dichte Vegetation bewundern, die sich an den Bergen rund um die Stadt in die Höhe zog. Sie war von intensivem Grün, streckenweise fast schwarz und dann wieder beinahe gelb getönt von den zarten Bambussprossen und den steif und zeremoniell aufragenden Farnen. Während sich zwei Maschinen auf dem Flughafen zum Start bereitmachten, mussten wir weiterkreisen und auf das Zeichen für die Landung warten. Die Motoren so weit wie möglich drosselnd, um sie nicht zu überfordern, ging der Kapitän in den Sinkflug und peilte dann die Piste an. Hingerissen bewunderte ich das Wasser der Bucht mit dem unsterblichen, in ihrer Mitte untergegangenen Kriegsschiff, dessen Nationalität ich nie hatte herausfinden können, so wenig wie den Grund, weshalb es Schiffbruch erlitten hatte. Immer wieder vergaß ich es, wenn ich festen Boden unter den Füßen spürte. Bei einer Schleife über den Molen erkannte ich, unverwechselbar, den Tramp Steamer. Dort lag er vor Anker, an die Mole gekauert wie ein Hund auf einer Türschwelle nach einer Nacht des Hungers und der Erschöpfung. Ich merkte, wie sehr ich mit dem Schiff schon vertraut sein musste, dass ich es von oben, ohne es auf Augenhöhe zu haben wie bei den vorigen Malen, so zweifelsfrei hatte identifizieren können. Ich hatte den Eindruck, es habe steuerbords ein wenig Schlagseite, und bei der nächsten Schleife sah ich, wie die Molenkrane Ware verfrachteten. In der Ladeluke war die Ladung wohl noch auf der einen Seite angehäuft, was möglicherweise die Neigung bewirkte.

Wir würden die Nacht in Kingston verbringen müssen. Sämtliche Flüge nach Miami waren am Morgen abgegangen, sodass uns nichts anderes übrig blieb, als zu warten, bis die Turbine unserer 737 repariert wäre. Man brachte uns in einem Hotel im Stadtzentrum unter, das nicht besonders luxuriös, aber ruhig war und über eine Bar verfügte, welche von einem kleinen, weißhaarigen Schwarzen noch effizient bedient wurde, einem wahren Experten in ›*planter's punch*‹, wie er bewies, diesem Cocktail, den aus Dosensaft, Rum, Eis und der wohl bekannten Kirsche jedermann mixen zu können meint. Der Barkeeper unseres Hotels hielt sich an die geheiligte klassische Formel, wonach man den Ananassaft selbst zubereitet und Rum und Eis in den vorgeschriebenen Mengen verwendet. Es war zwölf Uhr mittags. Beim vierten ›*planter's punch*‹ wurde mir klar, dass es ein verhängnisvoller Irrtum gewesen wäre, zu Mittag zu essen. Wenn ich den Rhythmus der Cocktails verlangsamte, würde ich in Ruhe auf einen etwas tieferen Sonnenstand warten können. Ich hatte mir vorgenommen, das Schiff zu besuchen. Ich spürte, wenn ich es nicht tat, wäre das ein schwerer Verstoß gegen den Grundsatz der Höflichkeit und Solidarität. Es wäre dasselbe gewesen, wie wenn ich es vermieden hätte, mit einem lieben alten Freund Verbindung aufzunehmen, von dem ich wusste, dass er sich in Kingston aufhielt. Einige Reisegefährten schmiedeten bereits Pläne für einen abendlichen Streifzug durch die Nachtlokale der Stadt. Ich sah davon ab, ihnen zu sagen, was für ein schäbiges Erlebnis sie erwartete. Statt Mittagsruhe zu halten, um für den Abend frisch zu sein, wollte ich ganz im Gegenteil zum Hafen gehen, meinen versehrten Freund besuchen und danach ins Hotel zurückkehren und einige weitere Möglichkeiten kosten, die ich mit dem Barkeeper zu testen begonnen hatte. Ohne mich auch nur zu fragen, bot mir dieser ein leichtes, untadeliges Thunfischsandwich an, das mir das Mittagessen ersetzte und Raum ließ für die alkoholischen Versuche des Abends. Als die Sonne erträglich wurde, bestellte ich ein Taxi und fuhr zum Hafen. Aus der Luft hatte ich die Mole lokalisiert, wo der Frachter lag. Problemlos erreichten wir unser Ziel, sahen uns aber vor verschlossenen Zufahrtsgittern. Ein hochmütiger Zambo teilte uns übel gelaunt mit, man könne nicht weiter. Die Warenschuppen waren geschlossen, und auf der Mole wurde nicht mehr gearbeitet. Ich erkundigte mich nach dem Tramp Steamer, und er sagte, dieser sei fertig geladen und eben dabei, die Anker zu lichten. Wieder hatte ich das Gefühl, ich hätte eine mir liebe Person verletzt. Ein Fünf-Pfund-Schein und einige verworrene Erklärungen über die Notwendigkeit, dem Schiffskapitän eine dringende Mitteilung zu überbringen, milderten das Übelwollen des Wachmanns, der mich nun passieren ließ, mir aber zu verstehen gab, in einer halben Stunde würde mir niemand mehr aufmachen. Dann verlasse er seinen

Posten, und die Molen blieben bis zum nächsten Tag geschlossen. Eilig ging ich auf den mutmaßlichen Standort des Schiffs zu. Als ich dort war, begann sich der Frachter, der die Ankertaue bereits gelichtet hatte, in Bewegung zu setzen. Dieselben Matrosen, die ich in Punta Arenas gesehen hatte, mit demselben Mehrtagebart und den fleckigen Hemden, den überall geflickten Bermudas und einer Zigarette im Mund, schauten zerstreut in diese eher innere als äußere Ferne, in die sich die Seeleute versenken, um jede mögliche Sehnsucht nach den trügerischen, oberflächlichen Erinnerungen zu bekämpfen, die sie an Land zurücklassen. Das Schiff hatte seinen Heimathafen nicht gewechselt, und die Flagge von Honduras hing ohne größere Anzeichen von Begeisterung am Heck, wo die Buchstaben … CIÓN weiterhin ihr verschossenes Rätsel aufgaben. Die in Jamaika geladene Fracht konnte nicht sehr groß sein, da der Schiffsrumpf deutlich über die Wasserlinie hinausragte. Das erlaubte mir, einen Teil der Schrauben zu sehen, die mit beträchtlicher Mühe das dunkle Hafenwasser schlugen. Noch viel sprechender als die vorigen Male wurde mir der baufällige Zustand dieses alten Dieners der Meere klar, der nun zum x-ten Mal seine beschwerliche Fahrt in Angriff nahm, mit der Ergebenheit eines

Ochsen aus dem Latium in Vergils *Georgica*. Derart uralt, geschlagen und unterwürfig kam er mir vor – den Vorhaben der Menschen gehorchend, die mit ihrer erbärmlichen Rücksichtslosigkeit dieser Anstrengung, deren einziger Lohn Verschleiß und Vergessen war, eine umso größere Würde verliehen. Ich schaute zu, wie er sich am Horizont verlor, und spürte, dass ein Teil meiner selbst eine Reise ohne Rückkehr antrat. Eine Sirene zeigte mir an, dass es Zeit war, die Mole zu verlassen. Tatsächlich wartete am Gitter der Wachmann auf mich, der sich mit einem Schlüsselbund auf die Schenkel schlug, um mir zu verstehen zu geben, welche Unannehmlichkeiten ich ihm bereitete. Die Wirkung der fünf Pfund war schon lange verflogen.

Ich kehrte zur Bar zurück, wo mir der herzliche Empfang meines kundigen Führers auf dem Weg möglicher Drinks mit dem Rum der Inseln den schmerzlichen Eindruck erträglicher machte, dem Komplizen und Gefährten im düsteren Labyrinth meiner Träume den Respekt versagt zu haben: der Träume der Nacht und derjenigen, die im Lärm des Wachseins folgen. Ich ging schlafen, als die ersten Paare zurückkamen, ernüchtert von ihrem Erlebnis des nächtlichen Kingston. Unnütz, ihnen zu sagen, was der Hafen einmal gewesen war, in den Zeiten des Kalypso und des heißen Rums. Sie hätten es nicht begriffen, und ein solches Bemühen lohnte natürlich auch nicht. Dante sagt, es gibt keinen größeren Schmerz, als sich im Elend glücklicher Zeiten zu erinnern. Doch selbst das müssen wir heute in Einsamkeit tun, und das ist gut so.

Nun bleibt mir noch meine letzte Begegnung mit dem Tramp Steamer zu erzählen. Ich hatte nicht den geringsten Hinweis, dass ich ihn zum letzten Mal sah. Hätte ich es gewusst, es wäre alles anders abgelaufen. Jetzt, da ich daran zurückdenke, muss ich sagen, dass mir eines klar war, nämlich, dass das Ganze, hätten sich die Begegnungen fortgesetzt, Anzeichen einer mythischen Verfolgung bekommen hätte, einer teuflischen Spirale, deren Ende dasselbe hätte sein können wie das derjenigen, die gegen die unabänderlichen Ratschlüsse von Hellas' Göttern verstießen und dafür mit ihren zornigen Verwünschungen bestraft wurden. Das ist nicht mehr unsere Welt. Jetzt bringen wir Menschen nur noch das armselige bisschen Rache auf, die wir uns gegenseitig antun. Das ist unbedeutend. Unsere bescheidene Hölle zu Lebzeiten gibt keinen Stoff für höchste Poesie mehr her. Damit will ich sagen: Obwohl ich nicht die Gewissheit hatte, dass das unser letztes Treffen war, zeigte mir etwas an, dass das Spiel so nicht würde weitergehen können. Das passte nicht in den knapp bemessenen Bereich, auf den wir das Vorstellbare eingegrenzt haben.

Vor zehn oder mehr Jahren war ich an der Orinoko-Mündung gewesen, und zwar während eines in Trinidad absolvierten Ausbildungskurses über den Einsatz von Propangas. Dabei lernte ich nicht nur sämtliche Gefahren des heimtückischen Brennstoffs kennen, sondern auch die Wunder der Antillenmusik, die auf Petroleumfässern aller Größen erzeugt wird. Eine ganze Nacht lang und noch bis weit in den Tag hinein konnte man sich von diesem Rhythmus hypnotisieren lassen, der uns in an- und abschwellenden Wogen in einen Halbschlaf versetzte, zu welchem die auf der Insel während eines großen Teils des Jahres herrschende Backofenhitze noch das Ihre beitrug. Auf einem Firmenschlepper fuhren wir an einem Wochenende hinaus, um das verzweigte Delta kennen zu lernen, wo der Orinoko sein Wasser in einen heimtückisch-sanften Atlantik voller unheilvoller Überraschungen ergießt. Ich erinnere mich noch an den ununterbrochenen Gesang der Vögel, deren mannigfaltige Farben und Größen uns den ganzen Tag nicht aus dem Staunen herauskommen ließen. Auch nachts nahmen das betäubende Geschrei und das dauernde

Umherschwärmen mitten im undurchdringlichen Dunkel dieses glühenden Tropenstrichs kein Ende.

Nun hatte ich dahin zurückkehren müssen, diesmal aber in gemeinsamer Mission der am reichen Orinoko-Flussgebiet interessierten Länder. Wir waren insgesamt sechs Beauftragte, und ich spielte, mit geringer Effizienz, den Vorsitzenden. In dieses bürokratische Abenteuer hatte ich nur eingewilligt, um wieder in das Delta zurückgehen zu können, an das ich mich noch immer staunend über dieses imposante Naturwunder erinnerte. Wir richteten uns in San José de Amacuro in den Bungalows eines Militärpostens ein. Dort standen uns sämtliche Annehmlichkeiten zur Verfügung, inklusive Airconditioning, das uns dieses Klima vom Leib halten sollte, welches mir persönlich Wohlbehagen und ein leicht mit der Wirkung eines unbekannten Halluzinogens zu verwechselndes Gefühl von geistiger Disponibilität und Regsamkeit verursacht. Es gibt wenig Wonnen, die sich damit vergleichen lassen, die Klimaanlage abzuschalten, sich auf dem Bett auszustrecken, von einem etwas zeremoniell und majestätisch wirkenden Tüllzelt gegen die Mücken geschützt, und die Nacht mit ihren Düften hereinzulassen, die auf Wellen einer feuchten, liebkosenden, fast geschlechtlichen Hitze daherziehen. Mehrere Tage lang erkundeten wir das verzweigte Amacuro-Delta. Es waren kurze, wenig genaue Streifzüge. Sich mit einem so herrlichen Labyrinth wirklich vertraut zu machen kann Jahre dauern. Wir kamen bis Curiapo und San Felix. Dort tauchte, neben Schmuggel und schriller Musik, allmählich das unvermeidliche Anzeichen unserer Plastikzivilisation auf: Junk-Food. Wir kehrten nach San José de Amacuro zurück, wo uns die Vorbereitungsarbeiten für einen ersten Entwurf zu dem uns aufgetragenen Bericht mehr als eine Woche in Anspruch nahmen. Für mich bedeutete das ein wohltuendes Eintauchen in das Nirwana des Deltas. Wir mussten den Fluss bis Ciudad Bolívar hinauffahren, wo eine erste Fassung der substanzreichen Schlussfolgerungen dieser Schreibtischfachleute abgegeben werden sollte, die die zweifelhafte Begabung haben, mit einem Wortschwall nichts Denkwürdiges zu sagen, das dann in den Kanzleiarchiven vor sich hinschlummern wird, bis andere Fachleute mit denselben Gaben es ausgraben und den zyklischen Unsinn wieder in Gang setzen, der es ihnen erlaubt, in aller Ruhe ihr Gehalt zu verdienen und diese graue Großtat zu vollbringen, die als ›*Karrieremachen*‹ bekannt ist. Ich schützte einen Fieberausbruch vor und die Notwendigkeit, mich in der Krankenstation des Postens einer dringenden Behandlung zu unterziehen, und nahm nicht an der Reise in die Hauptstadt teil. Ein kurzes Gespräch mit dem Dienst tuenden Arzt regelte alles, und in einem Kanu mit Außenbordmotor, das von einem wortkargen Indio mit scharfen Augen, einem perfekten Kenner des Deltas, gesteuert wurde, konnte ich ausgiebig den Amacuro erforschen. Meine Kollegen kamen zurück und machten keinerlei Bemerkungen über meine zweifelhafte Genesung. Sie waren ganz davon in Anspruch genommen, über einzelne Abschnitte der Verträge von Rio de Janeiro und unverständliche Beschlüsse der Konferenz von Montevideo weiterzudiskutieren. Offensichtlich kann Dummheit die Sinne so weit überlagern, dass sie sicht-, riech- und hörbare Wunder wie das Schauspiel des Amacuro-Deltas zum Verschwinden bringt.

In einem Schiff der venezolanischen Flotte sollten wir nach Trinidad zurückfahren, wo jeder von uns ein Flugzeug in sein Land nehmen würde. Eines Morgens weckte uns in aller Frühe die Sirene des Küstenwachschiffs, das uns abholen kam. Halb schlafend, den Kaffee noch kochend heiß in der Speiseröhre, gingen wir an Bord. Es goss in Strömen. Nachdem die Ankertaue eingezogen worden waren, heulte wieder die Sirene, um die Abfahrt anzukündigen. In diesem Augenblick hörten wir ein leises, fast tierisches Jammern als Antwort darauf. »Ein Schiff, das einfährt. Sobald es vorbei ist, sind wir dran. Die Durchfahrt ist sehr eng, denn der Fluss lagert nach dem Anschwellen eine Menge Erde und Stämme zu Bänken ab«, erklärte uns ein Offizier mit soldatischem Missmut, wie er im Gespräch mit Zivilisten die Regel ist. Irgendetwas hatte mir schon vor Tagen die Nähe des Tramp Steamer angekündigt – eine vage Unruhe, eine leise Traurigkeit, diesen Ort verlassen zu müssen, eine vorweggenommene Sehnsucht nach den Wundern, die ich hier genossen hatte. Er war es tatsächlich. Die *Alción,* wie ich ihn in meinen Fantasien über sein beschwerliches Wallfahren zu nennen mir angewöhnt hatte. Nebenbei gesagt, sah ich, dass sein Zustand nicht mehr gut genug sein konnte, um ihn über die Karibik und ihre nächste Umgebung hinausgelangen zu lassen. Er fuhr nach Ciudad Bolívar. »Sie wird Holz laden«, bemerkte unser Offizier und lächelte herablassend über diesen baufälligen Kasten aus unvordenklicher Zeit, der da mit demselben unregelmäßigen Hämmern der Pleuelstangen und dem erbärmlichen Kämpfen seines einzigen Schornsteins an uns vorbeizog. Die

Mannschaft zeigte sich nicht auf Deck, und auf der Kommandobrücke betätigte eine verschwommene Gestalt mit knappen, gewandten Bewegungen die Hebel. Der Schmutz, der sich während weiß Gott wie vieler Jahre auf den Scheiben angesammelt hatte, ließ wenig vom Innern erkennen, außer dem trüben Licht einer elektrischen Leuchte an der Decke und dem flüchtigen Glanz eines Instruments. Es beeindruckte mich, wieder denselben Kommentar zu hören, wie ihn die schöne Halbnackte auf der Nicoya-Fahrt gemacht hatte, diesmal aus dem Mund des uns begleitenden Offiziers: »Ich weiß nicht, wie sie es in einem solchen Zustand überhaupt wagen kann. Bei diesem Regen schießt der angeschwollene Fluss mit schrecklicher Gewalt herunter, sodass sich im Nu Bänke bilden. Man hat den Eindruck, dass sie bei der ersten Erschütterung auseinander bricht. Noch nie habe ich eine solche Ruine gesehen.« Was konnte dieser geckenhafte Offizier in seiner makellosen, frisch gebügelten Uniform schon von den vorgeblichen, geheimen Heldentaten des ehrwürdigen Tramp Steamer wissen, meiner geliebten *Alción,* Patriarch aller Meere, Sieger über Taifune und sonstige Unwetter, dessen Taue in sämtlichen Sprachen der Erde in verlorenen Abenteuerhäfen angebunden worden waren?

Er fuhr an uns vorbei, langsam, mit etwas Schlagseite – offensichtlich war das kein Problem der Ladung, sondern seiner Bauweise, die jedem seine Widerstandskraft überschreitenden Druck nachgab – und jetzt mit einem leichten Zittern, das wie ein geheimes Fieber oder eine nicht mehr zu verbergende, äußerste Schwäche über das ganze Schiff lief. »Bei halber Kraft kontrollieren die Maschinen die Drehzahl der Schrauben nicht mehr«, erklärte der Seemann wie als Antwort auf eine Frage, die ich mir in diesem Moment stellte. Wieder zeigte der Bug seinen Unterleib, und hinten dieselbe Flagge, die herunterhing wie das Tuch eines Schiffbrüchigen. Endlich war der ganze Name angemalt worden. Er lautete tatsächlich *Alción*. Eigentlich war es gar nicht so schwierig gewesen, ihn zu erraten, denn aufgrund der Position der noch leserlichen Buchstaben blieb vorn nur für eine einzige Silbe Raum.

Auf vollen Touren fuhr das Küstenwachschiff in die Fahrrinne ein und nahm mit flinkem, effizientem Lauf seiner Schrauben Kurs auf Trinidad. Es lag etwas Unverschämtes, ein fast unerträglicher Hochmut in diesem leichten, flinken Manöver. Natürlich sagte ich nichts. Was können die Leute schon von solchen Dingen wissen – vor allem diese geschniegelten Kanzleibeamten, verbraucht in der

Monotonie der Empfänge, der Stumpfheit der Botschaftslunches und den Intrigen eines ebenso albernen wie sinnlosen Protokolls? Ich ging in meine Kajüte hinunter, weil ich lieber etwas schlafen wollte, bevor man zum Mittagessen rief. Ich spürte einen Druck auf der Brust, eine namenlose Beklemmung ohne offensichtlichen Grund, eine ebenfalls nicht zu benennende unheilvolle Vorahnung. Das Bild der in die Deltamäander einfahrenden *Alción* begleitete mich im Schlaf mit einer Genauigkeit, die etwas zu besagen hatte. Ich wollte sie lieber nicht enträtseln. Plötzlich weckte mich die Essensglocke. Ich wusste nicht, wo ich mich befand noch wie spät es war. Unter der Dusche, aus der lauwarmes, leicht schlammiges Wasser floss, gelang es mir, die paar Gedanken zu sammeln, die ich brauchte, um mit meinen Reisegefährten plaudern zu können.

Und so endeten meine Begegnungen mit dem Tramp Steamer. Die Erinnerung an ihn wurde Teil der knappen Sammlung obsessiver Bilder, die sich mit den ›*mineralischsten und hartnäckigsten*‹ Wesenheiten meines Seins vermischen. In immer längeren Abständen erscheint er mir in den Träumen, aber ich weiß ganz genau, vollständig wird er nie verschwinden. Im Wachzustand erinnere ich mich an ihn, wenn sich bestimmte Umstände, irgendeine ungewöhnliche Ordnung in der Wirklichkeit einstellen, die seinem seltenen, aber regelmäßigen Erscheinen gleichen. Je mehr Zeit vergeht, desto tiefer und geheimer ist der Winkel, wo sich diese Bilder verstecken. So arbeitet das Vergessen: Während unsere Angelegenheiten zuerst ganz uns gehören, werden sie durch die mimetische, täuschende, beharrliche Kraft der nicht greifbaren Gegenwart allmählich fremd. Wenn eines dieser Bilder mit seinem ganzen gefräßigen Vorsatz zu überleben wiederkehrt, stellt sich das ein, was die Gelehrten als Epiphanie bezeichnen. Eine Erfahrung, die zerstörend sein oder uns auch einfach in bestimmten zum

Weiterleben recht nützlichen Gewissheiten bestätigen kann. Ich sagte, ich hätte den Tramp Steamer nie mehr gesehen; als ich jedoch wieder von ihm hörte, lernte ich seine Geschichte in ihrem ganzen verheerenden Umfang kennen. Nur selten gestehen uns die Götter zu, dass die Schleier zurückgezogen werden, die bestimmte Bereiche der Vergangenheit verhüllen – vielleicht weil wir nicht immer darauf vorbereitet sind. Mir ist nicht bekannt, wie glücklich die sein mögen, die ›*höhere Orakel als ihre Trauer*‹ befragen.

Monate nach meinem Besuch der Orinoko-Mündung musste ich mich für lange Zeit in der Raffinerie am Ufer des großen schiffbaren Flusses aufhalten, der weite Teile meines Landes durchzieht. Ein langer, erbitterter Gewerkschaftskonflikt zwang mich, mehrere Monate dort zu bleiben, plumpe Gewerkschaftsdiplomatie zu betreiben, in Rundfunk und Tageszeitungen der Gegend dem Publikum bestimmte Gesichtspunkte des Unternehmens zu erklären und andere Aufgaben zu erledigen. In den ruhigen Zeiten nahm ich nicht eine Maschine in die Hauptstadt, sondern reiste lieber auf dem Fluss zum großen Meerhafen hinunter. Das machte ich in den kleinen, aber komfortablen Schleppern der Gesellschaft, die auf der Fahrt lange

Kolonnen brennstoff- oder erdharzbeladener Kähne vor sich herschoben. Jeder Schlepper verfügte über zwei Kabinen für Fahrgäste, die mit dem Kapitän die Mahlzeiten teilten; diese wurden von zwei jamaikanischen Köchinnen zubereitet, deren Talent zu preisen wir nicht müde wurden. Schweinefleisch in Soße mit Dörrpflaumen, Reis mit Kokosnuss und gebratenen Bananen, leckere Flussfischsuppen und, was absolut unentbehrlich und immer willkommen war, Birnensaft mit Wodka, der uns zugleich wunderbar erfrischte und in einen idealen Zustand versetzte, um das sich immer wandelnde Panorama des Flusses und seiner Ufer zu genießen, wo sich dank des Zaubers dieses unvergleichlichen Getränks alles in einer samtenen Ferne abspielte, die wir nie zu entschlüsseln versuchten. (Es sei die Bemerkung erlaubt, dass wir immer eine Enttäuschung erlebten, wenn wir, die am meisten auf die Reise im Schlepper versessenen Passagiere, auf dem Festland die Mischung aus Wodka und Birnensaft wieder zu kosten versuchten. Wir saßen ganz einfach jedes Mal vor einem ungenießbaren Getränk.) Nachts, nach langen Gesprächen auf dem kleinen Deck, wo wir in der Hoffnung auf eine vermeintlich erfrischende Brise sitzen blieben, fielen wir in die Kojen, eingelullt vom Gelächter der schwarzen Frauen und vom Charme ihres unverständlichen, aber flüssigen Dialekts, dem das Englische als linguistisches Gerüst diente.

Der Streik brach schließlich doch nicht aus, und die Verhandlungen mit der Gewerkschaft schlugen einen Weg verdrehter Haarspaltereien ein, der lang zu werden versprach. Ich beschloss, zum Meerhafen zu reisen, und ging in die Büros unserer Schifffahrtsgesellschaft, um einen Platz auf dem nächsten Schlepper zu reservieren. Der Angestellte, der mich immer bediente, unterhielt sich gerade mit einem großen, schlanken Mann mit dichtem, grau meliertem Haar, dessen leichter Akzent, halb französisch, halb nordspanisch, mich neugierig machte. »Der Kapitän wird mit Ihnen fahren«, sagte der Geschäftsführer zur Vorstellung an mich gewandt. Der Mann wandte sich um, schaute mich an und drückte mir mit liebenswürdigem Lächeln, in dem eine Spur von sanfter Schroffheit lag, kräftig die Hand. »Jon Iturri. Sehr angenehm.« Die grauen, unter den dichten Brauen fast versteckten Augen hatten den charakteristischen Blick dessen, der sein Leben zu einem großen Teil auf dem Meer verbracht hat. Sie schauen ihr Gegenüber fest an, vermitteln aber immer den Eindruck, sich nie von einer Ferne, einem unbestimmten, aber immer gegenwärtigen imaginären Horizont lösen zu können. Man händigte mir die Quittung aus, damit ich mich einschiffen konnte, und der Kapitän wartete auf mich, um das Büro gemeinsam mit mir zu verlassen. Wir gingen zu den Bungalows, wo der Speisesaal eingerichtet war. Man hatte bereits zum Mittagessen geläutet. Der Mann hatte einen festen, etwas militärischen Schritt, aber dieses ganz leichte Wiegen in den Hüften wie jemand, der sich auch auf dem Festland so bewegt wie auf Deck. Ich konnte meiner Neugier nicht widerstehen und fragte plötzlich: »Verzeihen Sie, Kapitän, aber Ihr Akzent macht mich neugierig. Messen Sie dem keine weitere Bedeutung bei, das ist bloß ein Tick von mir, dem ich schon nicht mehr ausweichen kann.« Der Mann lächelte offenherziger. Er hatte perfekte Zähne, die sich von seiner braun gebrannten Gesichtshaut und dem dichten schwarzen Schnurrbart abhoben. »Das verstehe ich. Machen Sie sich keine Gedanken. Außerdem bin ich daran gewöhnt. Ich bin in Ainhoa geboren, im französischen Baskenland. Meine Eltern waren aus Bayonne. Aber verschiedener familiärer Umstände wegen habe ich in San Sebastián studiert und dann meine Laufbahn als Seemann in Bilbao begonnen. Ich bin absolut zweisprachig, schleppe aber in jeder

Sprache den Akzent der andern mit. Ein weiterer Grund zur Neugier ist mein Name. Hier nennen mich die Amerikaner John, und für sie ist er ganz natürlich.« – »Nun, sowie ich Ihren Namen hörte, vermutete ich Ihre baskische Herkunft. Ich habe einen Freund aus Bilbao, der ebenfalls Jon heißt. Ein sehr guter Dichter übrigens.« Wir unterhielten uns weiter und aßen zusammen. Er war ein typischer Baske und zeigte die distanzierte Würde, die mich an diesem Volk immer angezogen hatte. Doch außer dieser Tugend bemerkte man an ihm noch einen Bereich, den er mit plötzlicher Eifersucht vor fremden Einfällen schützte. Er vermittelte den Eindruck, als wäre er an einem Ort wie Dantes neun Höllenkreisen gewesen, aber statt mit körperlicher mit einer besonders schmerzhaften Art seelischer Folter. Bei dieser ersten Begegnung fanden wir genügend gemeinsame Interessen und Erinnerungen, um vorauszusehen, dass die uns erwartende Reise angenehm ausfallen würde. »In Ainhoa«, erzählte ich ihm, »ging mir einmal ein Mietwagen kaputt, mit dem ich von Fuenterrabía nach Bordeaux fuhr. So musste ich dort in einem Hotel übernachten, dessen Name sich mir eingeprägt hat, ohne dass ich weiß, weshalb: Hotel ›Ohantzea‹.« – »Es gehörte vor vielen Jahren Vettern meines Vaters«, erklärte er mir. Manchmal schafft ein solches Detail eine umfassende Herzlichkeit, ohne dass wir die Gründe dafür recht kennen. So sehr erstaunlich ist das jedoch nicht. Eine Landschaft oder einen Ort unserer Kindheit zu teilen, und sei es auch nur flüchtig, lässt in uns ein Familiengefühl aufkommen. Und natürlich ist das noch ausgeprägter bei Leuten, die ohne Stützpunkt oder festen Wohnsitz durch die Welt ziehen. Das war bei uns der Fall: er in seiner Eigenschaft als Seemann und ich, weil ich so oft das Land gewechselt hatte, immer aus Gründen, die nichts mit meinen Wünschen zu tun hatten.

Drei Tage später traf der Schlepper ein. Ich ging abends an Bord. Die Kolonne der Flöße, die zum Meerhafen hinunterfahren mussten, war schon bereit. Iturri sah ich nicht, als ich die Kajüte bezog. Ich brachte meine Dinge in Ordnung und ging auf Deck, um mich in einen der Segeltuchstühle zu legen, die dort immer für die Fahrgäste bereitstehen. Wenn ich Deck sage, benütze ich eine rhetorische Figur. Das kleine Rechteck von vier auf drei Meter auf dem Dach des Steuerhauses verdiente keine so großzügige Bezeichnung. Man stieg über eine Trittleiter empor, und das Plätzchen war eingezäunt von einem in den Farben der Gesellschaft gestrichenen Metallgeländer – Rot, Weiß und Blau. Der

Witz über die französische Flagge war ein obligater Einfall, dem niemand mehr Beachtung schenkte. Es gibt keine vergleichbare Aussicht auf den Fluss und seine Ufer wie von der Höhe dieses privilegierten Ausgucks aus. Ich legte mich in einen Stuhl, um die Abfahrt in allen Einzelheiten zu genießen. Die Gewandtheit und Koordination, die es erfordert, eine Reihe von Lastkähnen voller Brennstoff durch die Kurven, Biegungen und Mäander des großen Flusses zu schieben, ist mir immer wie eine schwer zu überbietende Großtat vorgekommen. Davon war ich ganz in Anspruch genommen, als ich jemanden die schmale Treppe heraufkommen hörte. Es war Iturri. Ich muss gestehen, ich hatte ihn beinahe vergessen, so sehr schlagen mich die Navigationsmanöver auf dem Fluss stets in Bann. Ohne zu grüßen und so selbstverständlich, als setzte er ein andernorts begonnenes Gespräch fort, bemerkte der Kapitän: »Ich habe nie herausgefunden, weshalb mich diese Manöver auf dem Fluss ein bisschen irritieren. Sie haben etwas von Eisenbahn auf dem Wasser – auf einem Wasser, das einen begleitet oder in der Gegenrichtung hinauffließt. Das ist nicht sehr seriös. Finden Sie nicht auch?« Ich musste gestehen, dass es für mich im Gegenteil etwas war, was meine Neugier, ja meinen Respekt weckte. Zehn bis an den Rand mit entzündlicher Flüssigkeit beladene Lastkähne heil zu befördern, das schien mir eine große Leistung. »Nehmen Sie mich nicht zu ernst«, antwortete der Baske. »Wir Seeleute werden etwas sonderbar. Auf dem Land haben wir immer ein wenig das Gefühl, nur auf der Durchreise zu sein, und wissen nicht recht zu schätzen, was dort geschieht. Ich beispielsweise hasse den Zug. Er gibt mir den Eindruck, es ist zu viel Eisenzeug, zu viel Aufwand und sehr viel Lärm für ein so ..., so idiotisches Ergebnis, würde ich sagen.« Ich musste lachen über die umwerfende, etwas brüske, aber unwiderlegbare Ehrlichkeit dieses Seemanns, der unter der langsamen Schwerfälligkeit des Festlandlebens litt. Wir sprachen weiter, und dazwischen gab es immer wieder lange Pausen. Er reiste zum ersten Mal auf einem Schlepper der Gesellschaft. Außerdem arbeitete er nicht für das Unternehmen, sondern war gekommen, um ein Gutachten über zwei aufeinander folgende Unfälle eines unserer Öltanker beim Anlegen in Aruba zu erstellen. Die Versicherungsgesellschaft hatte ihn dazu bestimmt, bei der nachfolgenden Untersuchung ihre Interessen zu vertreten. Er musste zur Raffinerie reisen, weil man ihm nur dort bestimmte Angaben über den Brennstofftransport in fugendichten Abteilen machen konnte. Nun fuhr er zurück, um sich von einem belgischen Frachter zum Golf von Aden bringen zu lassen. Dort erwartete ihn eine Ersatzstelle als Kapitän auf einem kleinen Schiff, das in den Golfländern mit dem Transport von tiefgefrorenen Lebensmitteln den Küstendienst versah. Der festangestellte Kapitän hatte einen diabetischen Schock erlitten und würde für lange Zeit ausfallen.

Unsere Reise zum Meerhafen sollte über zehn Tage dauern. Unterwegs musste der Schlepper mehrmals Halt machen, um einige Lastkähne zurückzulassen und leere mitzunehmen, die zu den Molen der Gesellschaft in der Versorgungsanlage des großen Hafens gebracht werden mussten. Keiner von uns hatte es eilig anzukommen. »Ich hätte mit dem Flugzeug reisen können«, erklärte Iturri, »aber ich fand es interessanter und geruhsamer, auf dem Fluss hinunterzufahren. Immer schon hatte ich den Wunsch, eine solche Reise zu machen. Von den Flüssen kenne ich nur einige Deltas. Das der Schelde beispielsweise oder das der Themse und der Seine bei Le Havre. Nicht alle sind so gut schiffbar und so sicher. Nicht alle.« In den Worten, mit denen er den Satz beendete, spürte ich etwas wie eine Schwierigkeit, sie auszusprechen, eine Trockenheit in der Kehle – fast möchte ich sagen, ein leises

Brummen hatte sie ihm unerwartet zugeschnürt. Längere Zeit sagte er nichts mehr, und dann sprachen wir von etwas anderem.

Dank des Wodkas mit Birne wurde die Reiseroutine behaglich; wir hatten beschlossen, ihn auf Katalanisch ›*vodka amb pera*‹ zu taufen, zu Ehren unserer gemeinsamen Treue zu den Bars von Barcelona, insbesondere zur ›Boadas‹ und der des ›Savoy‹, wo die spirituose Wissenschaft eine kaum zu überbietende Vollkommenheit erreicht. Viele unserer Erfahrungen in der gräflichen Stadt glichen sich erstaunlich. Dieselben Orte, identische Begegnungen, die gleiche Schwäche für bestimmte Ecken der Stadt, eine gemeinsame Verehrung des griechischen Hafens von Ampurias und den Seeteufel, der im Segelklub von Escala serviert wird. So war es nicht erstaunlich, dass unsere Gesprächsthemen trotz der Zurückhaltung seines baskischen Charakters und meines Bemühens, sie zu respektieren, im Verlauf der Tage persönlicher, intimer wurden. Die vertraulichen Mitteilungen ergaben sich ganz von selbst, und allabendlich drangen wir nach dem dritten ›*vodka amb pera*‹ in Bereiche eines behutsamen Gefühlsvertrauens vor, das wir ganz vorsichtig handhabten, um strikt die selbstgefällige Entblößung oder den Gemeinplatz zu vermeiden, der nichts zur wahren Erkenntnis dieser geheimen Herzenskatastrophen beiträgt, die man nur bei so seltenen Gelegenheiten teilen kann, dass man sie schließlich für unvorstellbar hält.

Eines Abends, als die Hitze kaum noch auszuhalten war, blieben wir in unseren Stühlen liegen und schauten dem langsamen Vorbeiziehen des Vollmonds an einem fast wolkenlosen Himmel zu, in dieser Gegend eine seltene Erscheinung. Der Effekt des Lichts auf dem Wasser und den Lichtungen des Urwalds am Ufer hatte etwas von einer maeterlinckschen Szenerie. Ganz natürlich kamen wir auf das Thema Flandern, auf seine Städte, seine Menschen, seine Küche. Es konnte nicht ausbleiben, dass wir zum Schluss von Antwerpen sprachen. Diese mir aus mancherlei Gründen sehr liebe Stadt hat meines Erachtens den reizvollsten Hafen mit den harmonischsten Bewegungen, da der Verkehr auf der Schelde eine heikle Operation ist, bei der sich alles ganz langsam abspielt und mit Manövern, die aus der Ein- und Ausfahrt der Schiffe eine Art Ballett machen. Wie ich schon sagte, hatten wir die Barriere des Vertrauens durchbrochen, und nun war es Iturri, der mir etwas erzählte, was sogleich mein besonderes Interesse weckte.

»In Antwerpen«, sagte er, »traf ich zum ersten

Mal auf die Leute, die mein Leben vollständig ändern sollten. Nämlich ein Libanese, halb Reeder, halb Kaufmann, gewandt und liebenswürdig wie viele seiner Landsleute, und sein Teilhaber und Freund, ein Mann unbestimmter Nationalität, der damals gerade das Mittelmeer befuhr, in Geschäften unterschiedlichster Natur, die sich nicht immer mit der herkömmlichen Ethik deckten. Wir trafen uns in einem indonesischen Hafenrestaurant, wo ich lustlos eins dieser orientalischen Gerichte verzehrte, die einzig dazu taugen, einem den Appetit zu nehmen. Im selben Augenblick protestierten wir, sie und ich, wegen irgendeiner Schlamperei bei der Bedienung, und schließlich gingen wir gemeinsam in ein bescheidenes Bistro, um das allergewöhnlichste, reichhaltigste belgische Gericht zu essen. Dort nahm mein Leben eine Wendung, die ich nie geahnt hätte.«

»Aber wie war das möglich? Ich verstehe nicht, wie bei jemandem Ihres Charakters solche Wendungen geschehen können. Das entspricht nicht der Wesensart Ihrer Landsleute. Sie sind rebellisch, gewiss, und in keiner Weise konformistisch, aber sie pflegen nach ihren Prinzipien zu sterben, in ihrem Geburtsdorf und bei der Ausübung des Berufs, den sie als junge Menschen gelernt haben.«

»Glauben Sie das nicht. Man muss immer auf solche Überraschungen gefasst sein; sie reifen und brechen dann hervor, ohne dass wir ihr Heranwachsen wahrgenommen haben. Das sind Dinge, deren Ursprung weit zurückliegt. Jedenfalls wurde ich, ein Mann, der es sich zur starren Regel gemacht hatte, immer auf mehr oder weniger bekannten Schifffahrtsrouten zu arbeiten und jede Art von Experimenten und eigenmächtigen Abenteuern zu meiden, auf einmal Teilhaber und Kapitän eines Tramp Steamer, der aussah, als würde er von einem Moment auf den andern untergehen. Einen solchen Kasten hatte ich noch nie gesehen.«

Sogleich wurde in meiner Erinnerung etwas aufgewühlt, sodass ich meinen Freund mit einer Neugier, die ihn misstrauisch machte, fragte: »Das Schiff lag in Antwerpen vor Anker, und dort stachen Sie mit ihm in See? Sie kennen ja die Regeln des Hafens, was diese abenteuerlichen Frachter betrifft, und den Wartungszustand, der dort verlangt wird, damit man an seinen Molen anlegen kann.«

»Nein, natürlich nicht. Er lag nicht in Antwerpen«, antwortete er und lächelte über meine nautischen Kenntnisse, die übrigens nicht sehr viel weiter reichten. »Er wurde mir in der Adria übergeben, in Pola, um genau zu sein. Sie hätten ihn sehen sollen.

Sein ruinöser Zustand war schon ein sehenswerter Anblick. Sein Name war nicht weniger fantastisch und übertrieben. Er hieß wie der mythische Vogel, der sein Nest mitten auf dem Meer baut. Oder, anders gesagt, wie die Frau, die mit ihrem Mann glücklicher sein wollte als Zeus und Hera und wo dann beide in Eisvögel verwandelt wurden.«

Ein leichter Schauer lief mir über den Rücken. Es gibt Koinzidenzen, die jede mögliche Vorsicht zunichtemachen und dadurch unerträglich werden können, da sie eine Welt offenbaren, wo Gesetze gelten, die uns weder bekannt sind noch zu unserer gewöhnlichen Ordnung gehören. Mit einer Stimme, die meine Verwirrung verriet, konnte ich nur fragen: »*Alción?*«

»Ja.« Iturri sah mich misstrauisch an.

»Ich fürchte, hier schließt sich für mich ein rätselhafter Kreis, der mich über alle Maßen beschäftigt und nicht nur viele wache Stunden, sondern auch einen großen Teil meiner Träume beherrscht hat.«

»Wie denn das? Ich verstehe Sie nicht ganz.« Iturris Brauen zogen sich über seinen grauen Augen zusammen, als wäre er eine Katze, nicht drohend, aber wachsam und unruhig.

In einer knappen Zusammenfassung schilderte

ich ihm meine Begegnungen mit der *Alción* und was sie für mich bedeuteten, wie auch die inbrünstige Solidarität, die sie schließlich in mir geweckt hatte, und unsere letzte Begegnung an der Orinoko-Mündung. Danach sagte Iturri lange Zeit kein Wort. Auch ich hatte keinerlei Verlangen, irgendeine Bemerkung zu machen. Jeder musste von seinem Blickwinkel aus die Elemente unserer noch jungen Beziehung und den Schwindel erregenden Verkehr von Geistern neu ordnen, die durch einen fast unfasslichen Zufall geweckt worden waren. Als ich schon annahm, an diesem Abend würde das Gespräch keine Fortsetzung mehr finden, hörte ich ihn leise sagen: »*Anzoátegui* – das Küstenwachschiff hieß *Anzoátegui*. Mein Gott, was für Wege das Leben geht! Und wir meinen, wir könnten sie steuern. Wie naiv wir doch sind. Immer tappen wir im Dunkeln. Na ja. Ist ja egal.« Mit quevedoscher Noblesse half ihm Resignation aus der Not. In natürlicherem Ton und als versuchte er alles auf den Weg der Normalität zurückzuführen, die es erträglicher machen sollte, bemerkte er: »So wurde also der arme Tramp Steamer, der mehrere Jahre lang nicht einmal einen vollständigen Namen am Heck trug, für Sie schließlich fast so nahe und obsessiv wie für mich. Nur – in meinem Fall entschwand durch diese Ritze mein

Leben. Das Leben, das ich leben wollte, natürlich. Das jetzige ist eine Aufgabe, an der ich nur körperlich beteiligt bin. Nicht, dass ich alles verloren hätte. Ich habe das Einzige verloren, was gegen den Tod um die Wette zu laufen lohnte.«

In seinen Worten lag eine solche Trostlosigkeit, eine so vollkommene Leere, dass ich naiver Tropf ihm mit einer harmlosen Feststellung helfen wollte: »Ich glaube, so enden wir fast alle, die wir das ziellose Wanderleben gewählt haben.« Wieder schaute er mich an, wie man ein Kind anschaut, das bei Tisch eine nur durch sein Alter zu entschuldigende Bemerkung gemacht hat. »Nein«, korrigierte er mich, »das ist es nicht. Ich spreche von einer bestimmten Art Schiffbruch, bei der alles unwiderruflich untergeht. Nichts bleibt erhalten. Aber das Gedächtnis spinnt unermüdlich weiter, um uns an das verlorene Königreich zu erinnern. Ich denke, wenn Sie der *Alción* so nahe und ihrem Schicksal so tief verbunden waren, ist es nur natürlich, ja gerecht, dass Sie auch den andern Teil der Geschichte erfahren. An einem der nächsten Abende werde ich sie Ihnen ganz erzählen. Heute könnte ich nicht. Ich muss dieses Zufallswerk etwas verarbeiten, das uns plötzlich über die durch die Umstände bedingte Begegnung auf diesem Schlepper hinweg vereint. Wir legen seit langer Zeit einen sehr viel längeren gemeinsamen Weg zurück.« Ich nickte. Im Moment fehlten mir die Worte, mit denen ich die seinen hätte ergänzen können. Er sprach schlicht meine eigenen Gedanken aus. Lange schon nachdem die Uhr im Steuerhaus, auf dessen Dach wir ruhten, zwölf Uhr geschlagen hatte, gingen wir mit einem ›Gute Nacht‹ schlafen, in dem ein anderer Ton zu spüren war.

An jenem Abend träumte ich wieder vom Tramp Steamer. Es waren atemberaubende, ungeordnete Episoden, in denen das alte Schiff seine Gegenwart mit rätselhaften Zeichen erklärte, die mir zunehmend ein vages Unwohlsein verursachten, ein dumpfes, unerklärliches Schuldgefühl. Am frühen Morgen, als mir durch die dünnen Vorhänge des Bullauges wohl schon das erste Licht ins Gesicht schien, stellte sich die frisch gestrichene *Alción* in glänzenden, sauberen Farben ein: der Rumpf mennigerot, fast in die Farbe getrockneten Blutes spielend, die Decks in zarten Cremetönen mit einer himmelblauen Linie, die über den ganzen Trakt der Kajüten, des Offiziersdecks und der Kommandobrücke lief. Auch der Schornstein war cremefarben und hatte eine gleiche Linie. Wer kommt bloß auf die Idee, ein Schiff so zu streichen? Wie lächerlich!, dachte ich in einem Halbschlafblitz, bevor ich ganz erwachte. In diesem Moment begann der Schlepper gegen das Ufer abzutreiben. Er legte bei einer kleinen Ortschaft an, deren Häuser Strohdächer und einige wenige Dächer aus Zinkblechen hatten. Der Ort wirkte ausgesprochen unfreundlich und elend. Auf dem Haus, das die Kaserne sein musste, bewegte sich die dreifarbige Fahne so träge, dass die erdrückende Schwüle noch offensichtlicher wurde. Zwei grau gestrichene Catalina-Flugzeuge der Marineinfanterie waren vorn an einer schwachen Holzmole vertäut. »Das ist La Plata«, erklärte mir der Lotse, der eben an meiner Kajüte vorbeiging. »Seit einiger Zeit gibt es hier Streit mit den Leuten aus dem Hochland. Wir lassen einen Kahn mit Diesel hier und fahren sogleich weiter.« Weder der Ort noch die Erklärung des Lotsen sagten mir viel. Ich ging wieder hinein, um eine Dusche zu nehmen und dann mit dem baskischen Seemann zu frühstücken. Der wusch sich gerade in der Nebenkajüte und veranstaltete mit dem Wasser einen Lärm, als würde er unter der Dusche turnen. Das Detail bewegte mich besonders. Es lag etwas Nahes, fast Vertrautes in diesem Planschen, das in seiner Begeisterung ungewöhnlich war und mich an die Morgen im Brüsseler Internat erinnerte, wenn geduscht wurde. Die Kreise, die sich schließen, wenn der Zufall rätselhaft und maßlos eingreift!

Beim Frühstück, das kurz und einfach war, da wir beide den Tee mit Toast und Butter bevorzugten, sprachen wir von belanglosen Dingen: von Häfen, von Flugzeugen, vom Dauerzustand der sich allmählich über den ganzen Fluss ausbreitenden Gewalt; kurzum, nichts, was wirklich mit unserem Leben zu tun hatte, von dem wir spürten – jeder auf seine Art –, dass es auf andere Horizonte, andere Gegenden, andere Menschen ausgerichtet war. Welche? Keiner von beiden hätte mit Gewissheit antworten können.

Wenige Tage später erreichten wir den letzten Flussabschnitt. Dort breitet sich das Wasser über ausgedehnte Moore, Mangrovensümpfe und Felder aus, die beinahe das ganze Jahr hindurch überschwemmt sind. Es ist schwierig, festzustellen, wo das ursprüngliche Flussbett verläuft, und die Schiffslotsen, die bis zum Meer hinunterfahren, pflegen trotz langjähriger Praxis – die sie meistens von den Vätern ererbt haben, welche ebenfalls diesen Beruf ausübten – mit höchster Vorsicht zu navigieren und gehen nachts gelegentlich lieber vor Anker. Sich in den Mangrovensümpfen und Lagunen zu verirren, kommt dem fast sicheren Verlust des Schiffs gleich und bedeutet für Fahrgäste und Mannschaft eine große Gefahr. Schonungslos brennt die Sonne auf die grenzenlose Wasserfläche, blendet die Lotsen, und schon oft sind die Insassen eines Schiffs verhungert und verdurstet, von der Sonne verbrannt und von den Insekten aufgefressen worden. Wenn man außerdem unbeschadet zehn Lastkähne mit Raffinerieprodukten und dazu noch einige leere zum Hafen bringen muss, nehmen die Schwierigkeiten beträchtlich zu. Nachts Halt zu machen und am unsicheren Ufer des Hauptflussbetts vor Anker zu gehen, ist eine unantastbare Regel für Schlepperkapitäne im Dienst der Erdölgesellschaften.

Je näher wir dem Delta kamen, desto größer wurde die Hitze. Über dem Steuerhausdach, wo unsere Stühle standen, spannte die Mannschaft ein riesiges Moskitonetz auf, das wie ein Zelt in der Wüste leuchtete. Sie wussten, dass bei ausgeschalteter Klimaanlage, da nachts die Schiffsmotoren ruhten, in den Kajüten an Schlaf nicht zu denken war. So veränderte sich der Ablauf unseres Lebens an Bord, ohne dass wir es recht merkten: Tagsüber, während der Schlepper fuhr, schliefen wir, und nachts richteten wir uns auf dem kleinen Deck ein und warteten, geschützt vor den Mücken, auf die Morgendämmerung.

In diesen langen Nächten erzählte mir Iturri seine Geschichte. Zeuge einiger der entscheidenden Momente im Leben der *Alción* und damit ihres Kapitäns gewesen zu sein, gab mir das Recht, seines Vertrauens teilhaftig zu werden. »Das ist das erste und letzte Mal, dass ich davon spreche. Nachher können Sie es jedem weitererzählen, wenn Sie wollen. Das spielt keine Rolle und geht mich nichts an. In Wirklichkeit gibt es Jon Iturri nicht mehr. Den Schatten, der mit seinem Namen durch die Welt zieht, kann nichts mehr berühren.« Das sagte er ohne Traurigkeit, eigentlich nicht einmal mit der Ergebenheit der Besiegten, sondern in unpersönlichem Ton, als erklärte er vom Katheder herab einen chemischen Prozess. Er sprach mehrere Nächte hintereinander, und ich unterbrach ihn nur wenige Male, wenn ich einen Ort lokalisieren, eine beiderseitige Erinnerung verstärken wollte, um sie zu präzisieren. Er verlor sich weder in nebensächlichen Überlegungen noch in minuziösen Beschreibungen, fiel aber oft in ein langes Schweigen, das zu unterbrechen ich mich hütete. In solchen

Momenten kam er mir vor wie jemand, der an der Wasseroberfläche erscheint und Luft holt, bevor er wieder in die Tiefe hinabtaucht. Es ist der Mühe wert, die Erzählung von ihrem eigentlichen Beginn an wiederzugeben, auch wenn dieser nur eine Geschäftsanekdote mehr ist, wie das Leben aller Schiffskapitäne voll von ihnen ist. Das Schicksal begann seine Fäden von allem Anfang an zu spinnen, und es ist interessant, seine Machenschaften zu verfolgen.

Das erwähnte Paar, der Libanese und sein Teilhaber, mit denen Iturri in Antwerpen zu Abend gegessen hatte, suchte ihn drei Tage später im Hotel erneut auf. Der Reeder aus Beirut, ein Mann von bedächtigem Auftreten und liebenswürdigen Worten, die jedoch nie salbungsvoll wurden, gab ihm zu verstehen, er wolle ihm ein Geschäft vorschlagen. Iturri habe ihm den besten Eindruck gemacht, und er habe sich erlaubt, einige Nachforschungen über seine berufliche Tätigkeit als Schiffskapitän anzustellen, die seinem guten Namen das beste Zeugnis ausstellten. Sein Freund und Partner hier sei nicht an dem beteiligt, was er ihm vorschlagen wolle, aber er gelte als Familienmitglied und könne wertvolle Angaben zu dem Geschäft beisteuern, das sie ihm zu unterbreiten hätten. Ob sie alle drei noch heute zusammen essen könnten? Iturri willigte ein, nicht ohne eine gewisse Unruhe. An dieser Stelle legte der Baske wieder besonderen Nachdruck auf den Charakter der beiden Männer. Der Libanese hieß Abdul Bashur und genoss in den Handels-, Zoll- und Bankkreisen nicht nur Antwerpens, sondern auch anderer europäischer Hafenstädte einen guten Ruf. Freilich hatte er merkwürdig vielfältige Interessen, und nicht alle waren so durchsichtig und anscheinend auch nicht so klar definiert wie sein Hauptberuf als Reeder. Das war bei den Levantinern, ob Libanesen, Syrer oder Tunesier, normal, und Iturri war solches gewohnt, sodass sie ihn in keiner Weise überraschten oder verärgerten. Der andere, dessen Namen er nie deutlich verstehen konnte, der aber auch der Gaviero genannt wurde, wurde von Bashur mit uneingeschränkter Vertraulichkeit behandelt, und er hörte ihm mit größter Aufmerksamkeit zu, wenn es um den Seehandel und die Geschäfte der Frachter in den entferntesten Ecken der Welt ging. Der Baske konnte nicht herausfinden, ob Gaviero ein Spitz- oder ein Familienname war oder einfach eine Bezeichnung, die von einer Aktivität in seiner Jugend herrührte. Er war ein wortkarger Mann mit einem Sinn für etwas eigenen, beißenden Humor, sehr rücksichtsvoll und sensibel in seinen Freundschaftsbeziehungen, kannte die verblüffendsten Berufe und war sich, ohne gerade ein Frauenheld zu sein, weiblicher Gegenwart sehr bewusst, man könnte fast sagen, von ihr abhängig. Darüber machte er Bashur oft flüchtige, verschlüsselte Andeutungen, die der andere nur mit unbestimmtem Lächeln zur Kenntnis nahm.

Hier muss ich einen kurzen Exkurs machen, bevor ich mit der Geschichte des Kapitäns fortfahre. Gleich als dieser die Namen Bashur und Gaviero erwähnte, dachte ich, ich müsste ihm sagen, dass ich den Ersteren vom Namen her gut kannte, nämlich eben aus dem Mund des Letzteren, der ein alter Freund von mir war und dessen vertrauliche Mitteilungen und Erzählungen ich seit vielen Jahren sammle, da sie mir einigermaßen interessant erscheinen für Leute, die gern die Lebensläufe von außergewöhnlichen Menschen kennen lernen, von Leuten abseits der Bahnen, wie sie in der grauen Routine unserer Zeiten resignierter Dummheit die Regel sind. Ich dachte aber auch, wenn ich dem Erzähler meine Verbindungen zu dieser Person offenbare, könnte er mir entweder sein Vertrauen entziehen oder aber dabei Episoden auslassen, die Bashur oder den Gaviero betrafen. Also schwieg ich lieber. Als der baskische Seefahrer seine Geschichte beendete, wurde mir klar, dass ich gut daran getan hatte und dass es nichts hinzugefügt hätte, wenn ich ihm etwas mitgeteilt hätte, was für ihn zu einem Gestern gehörte, das auf immer, wenn nicht in der Vergessenheit, so doch in der Dunkelheit des Unwiederholbaren vergraben war. Ein weiterer Grund, der mich meine Verbindung zu seinen Teilhabern verschweigen ließ, war, dass sie bereits einen zweiten Zufall bildete, der in den verzweigten Geistesnischen des Basken ein verständliches Misstrauen oder wenigstens Zurückhaltung hätte wecken können angesichts dieser wiederholten, höchst seltsamen Koinzidenz. Der Zufall ist immer verdächtig – er wird in vielen Masken imitiert. Kehren wir nun zum Kapitän der *Alción* zurück.

Ihr Vorschlag war sehr einfach, würde aber, wie Iturri mir bereits angedeutet hatte, bei einer Annahme gegen sein Prinzip verstoßen haben, seine Dienste nur den großen Schifffahrtslinien anzubieten und das verschlungene, unvorhersehbare Abenteuer des Tramp Steamer stets zu vermeiden. In diesem Fall ging es darum, zu gleichen Teilen mit einem andern Partner einen Frachter zu betreiben, der sich zur Reparatur in der Werft von Pola befand. Es war ein Schiff von sechstausend

Bruttoregistertonnen, mit geräumigen Laderäumen und zwei Kränen. Die Maschinen waren noch in gutem Zustand, obwohl sie seit dreißig Jahren ohne größere Reparaturen ihren Dienst versahen. Das Schiff gehörte einer Schwester Bashurs, die es von einem Onkel geerbt hatte. Warda, so hieß die Frau, wollte sich von den gemeinsamen Familieninteressen unabhängig machen. Die Betreibung dieses Schiffs würde ihr ein Einkommen sichern, mit dem sie ihr Vorhaben verwirklichen konnte. Abdul ließ sich nicht weiter über die Einzelheiten dieses Punktes aus, aber man konnte leicht daraus folgern, dass Warda europäisierter war als ihre beiden andern Schwestern und natürlich ihre zahlreichen Brüder. Abdul war nicht gegen das Unabhängigkeitsverlangen seiner Schwester, wünschte sich aber, wie es auf der Hand liegt, es könnte sich erfüllen, ohne den von den andern Bashurs gemeinsam betriebenen Geschäften zu schaden. Iturri würde nach Abzug der Spesen und der Steuern über die Hälfte der Gewinne verfügen. Der Vorschlag war interessant, aber bevor er eine Entscheidung treffen konnte, galt es zwei Grundbedingungen zu erfüllen: das Schiff kennen zu lernen und mit der Eignerin zu sprechen. Als er diese erwähnte, bemerkte der Kapitän einen Schatten im Blick des Gaviero.

Mehr als ein Schatten, war es eigentlich eine vorweggenommene, dunkle Neugier angesichts dessen, was diese Begegnung jemandem wie diesem Fremden bescheren würde, der von den verborgenen Gehöften eines Landes stammte, in dessen Bergen ein unberechenbarer Menschenschlag wohnt. Dass dies alles im Blick des Gaviero lag, konnte eine nachträgliche Interpretation meines Reisegefährten sein – und war es sicherlich auch. Vorsichtiger ist die Annahme, was in den Augen von Bashurs Teilhaber zu lesen war, sei ein ›Du wirst schon sehen‹ voll ungewisser Versprechen gewesen.

Bashur war mit den Bedingungen einverstanden. Die Kosten für die Reise nach Pola würden zu Lasten der Tramp-Steamer-Eignerin gehen. Iturri musste in Antwerpen noch einige unerledigte Angelegenheiten in Ordnung bringen, und man vereinbarte, eine Woche später nach Italien abzureisen. Diese Zeit verbrachte er damit, Angaben über Bashur und seine Teilhaber zusammenzutragen. Ich sagte bereits, welches die Ergebnisse dieser Nachforschungen waren. Der Geschäftsführer einer spanischfranzösischen Bank, mit dem Iturri gut befreundet war und ab und zu einige Partien Billard spielte, fasste seine Meinung in Worte, die das Paar sehr genau charakterisierten: »Sehen Sie, das sind Leute, die ihr Wort halten und versuchen, mit ihren Verpflichtungen à jour zu sein. Sie haben zusammen bei vielen Dingen die Hand im Spiel. Nicht alle davon würden genau in den Rahmen des Gesetzes passen. Dieser Gaviero beispielsweise ging mit einer Triesterin, die auch Geliebte von Bashur war, ohne dass deswegen die Freundschaft der beiden Schaden genommen hätte. Der Einfallsreichtum dieser Dame, was die erstaunlichsten und gewagtesten Finanztransaktionen anging, reichte ins Unglaubliche. Sie überstanden alles gut, und schließlich lachten sich die drei beinahe tot. Ich glaube nicht, dass Bashurs Brüder ihm so weit folgten. Sie sind vernünftiger, seriöser, deswegen aber nicht weniger unerbittlich, wenn ein Gewinn winkt. Von der Schwester weiß ich nicht sehr viel. Mir scheint, bis dahin haben sie sie verborgen gehalten. Sie wissen ja, wie das bei den Moslems ist. Wenn sie sich jetzt unabhängig machen will, muss sie eine fantastische Charakterstärke haben. Sie müssen eben hingehen, sie sehen und sprechen.«

So tat er. Hier werde ich mich gezwungen sehen, meiner Erinnerung so genau wie möglich zu folgen, um Iturris Worte wiederzugeben. Wenn die Begegnung mit Warda auf der *Alción* nicht mit bestimmten Elementen erzählt wird, die er ganz besonders hervorhob, läuft sie Gefahr, in die abgedroschene Belanglosigkeit der Regenbogengeschichten abzugleiten. Nichts könnte die Schilderung so sehr verfälschen, ihr das Verhängnisvolle, Unerträgliche nehmen, wie wenn sie diese Tönung erhielte. Ich werde also versuchen, mich mit größter Genauigkeit auf die Worte meines Freundes zu beschränken.

Sie kamen abends in Pola an, nach einer fast zweitägigen Reise mit häufigem Umsteigen und langen Wartezeiten auf Bahnhöfen, die wegen der endemischen Streiks halb paralysiert waren. Bashur und der Gaviero gingen auf die Mole, da sie auf dem Schiff schlafen wollten. Der Kapitän übernachtete lieber in einem Hotel am Hafen. Außerdem hatte er den Eindruck, sie wollten zuerst ohne Zeugen mit der Besitzerin der *Alción* sprechen. Jon fiel wie erschlagen ins Bett und schlief bis zum andern Morgen um neun. Als er das Fenster öffnete, sah er, dass er sich gegenüber den Molen befand. Man brauchte nur die Straße zu überqueren, und schon war man dort. Von allen Schiffen, die im Hafen geladen und gelöscht wurden, sah er keins, das genau die Eigenschaften dessen aufwies, welches in Kürze seines sein konnte, wenn auch nur zum Teil. Er erinnerte sich daran, dass man ihm gesagt hatte, es liege für einige unbedeutende Reparaturen in der

Werft. Als er hinunterging, erwarteten ihn Bashur und sein Freund auf der Straße. Sie spazierten vor der Hoteltür auf und ab, in ein Gespräch vertieft, das nichts mit dem Grund der Reise zu tun hatte. Diese beiden Schlaumeier müssen wesentlich verwickeltere und undurchsichtigere Dinge vorhaben als die Geschichte mit dem Frachter, dachte er. Er hätte sie sich nie zu Feinden machen wollen. Sie begrüßten ihn sehr herzlich und begannen auf die Mole zuzugehen. Iturri bemerkte, von seinem Fenster aus habe er das Schiff nicht gesehen. »Es liegt hinter diesem schwedischen Dampfer, der mit Touristen bis nach Tiflis fährt«, erklärte ihm der Gaviero in einem Ton, in dem der Baske einen Anflug von Ironie zu bemerken glaubte. Sie gingen weiter, und tatsächlich lehnte hinter diesem makellos weißen Ozeandampfer die *Alción* müde an der Mole. Sie war etwas aufgefrischt worden, was aber nicht ausreichte, um die Spuren ihres langen Kreuzens in den rauesten Klimas und Breiten des Erdballs zu verdecken. Natürlich hatte der Baske jede Art von Schiffen mit langer Geschichte und beträchtlichen Narben kennen gelernt. Dieses hier übertraf sie in ihrem heruntergekommenen Zustand alle. Er spürte, wie sich ihm das Herz zusammenzog. Worauf ließ er sich da ein, wenn er auf diesem Stück

Abfall von Hafen zu Hafen schipperte, um eine hypothetische Fracht zu finden? Sein Volk hat aus dem Schweigen eine scharfe, unergründliche Waffe gemacht. Wortlos stieg er hinter den beiden Männern an Bord, die, mit etwas zweifelhaftem Anstand, ihr auf der Straße begonnenes Gespräch fortsetzten. Sie betraten einen Raum, der die Kapitänskajüte sein musste. Sie war frisch gestrichen, und die Messingteile waren mit annehmbarer Sorgfalt poliert. Aber die Schlafkoje, das Tischchen – das an einer Seite mit zwei Scharnieren an der Wand befestigt war, sodass man es hochklappen und fixieren konnte, um mehr Platz zu haben – und zwei schwere Mahagonistühle zeigten Spuren eines unerbittlichen, unmöglich zu übertünchenden, fast museumswürdigen Verschleißes. Offensichtlich waren sie Vorkriegsstücke. Aus einer kleinen, oberhalb der Koje befestigten Kommode zog Bashur ein paar vergilbte Pläne und breitete sie auf dem Tisch aus. Es waren die Schiffspläne. Über sie gebeugt, begann er dem voraussichtlichen Teilhaber seiner Schwester die Eigenschaften des Frachters zu erläutern. »Maschinenraum, Ladeluken und alles andere, was Sie sehen wollen, werden wir natürlich noch besichtigen. Auf keinen Fall möchten wir, dass Sie sich übereilt entscheiden. Ich weiß, das Schiff ist nicht eben ein Modell, das zuversichtlich stimmt. Doch darin täuscht es, es ist viel widerstandsfähiger, als sein Aussehen annehmen lässt.« Levantinergeschwätz und Wahrheit zu gleichen Teilen, dachte Iturri und konzentrierte sich aufs Studium der Pläne. Auf einmal spürte er, wie das durch die Tür eintretende Licht einem Halbdunkel wich. Jemand stand auf der Schwelle und schaute ihn an. Er blickte auf. Was er sah, verschlug ihm die Sprache und kann kaum in Worte gefasst werden. Ein maliziöses Aufleuchten in den Augen des Gaviero drückte ein stummes, halb unverschämtes, halb wohlwollendes ›Ich habs Ihnen ja gesagt‹ aus.

Warda, Bashurs Schwester, beobachtete sie der Reihe nach. Sie hatte beim Kapitän begonnen und verweilte nun auf Abdul. »Sie war eine Erscheinung von absoluter Schönheit« – ich versuche, die Worte des Seemanns in der Nacht auf dem großen Fluss zu rekonstruieren –, »groß gewachsen, das Gesicht harmonisch, mit den ausgeglichenen Zügen einer mediterranen Orientalin, beinahe hellenisch. Die großen schwarzen Augen hatten einen langsamen, intelligenten Blick, in dem Eile oder eine zu offensichtliche Gefühlsregung auf undenkbare Art gestört hätte. Das schwarze, ins Bläuliche spielende Haar, dick und schwer wie Honig, fiel ihr auf die geraden Schultern, wie die der Koroi im Museum von Athen. Die schmalen Hüften, deren sanfte Kurve in zwei lange, etwas füllige Beine überging, welche ebenfalls denen irgendwelcher Venusstatuen im Vatikanischen Museum glichen, gaben dem aufrechten Körper endgültig einen femininen Hauch, der sogleich ein gewisses knabenhaftes Aussehen vergessen ließ. Die üppigen, straffen Brüste vollendeten noch die Wirkung der Hüften. Sie trug eine blaue Alpakajacke über den Schultern und einen hellen, tabakfarbenen Faltenrock. Eine klassisch geschnittene Seidenbluse und ein Seidenschal mit grünen, roten und braunen Rauten, der ihr leicht um den Hals hing, trugen das Ihre dazu bei, der ganzen Erscheinung einen europäischen oder, besser gesagt, einen abendländischen Schliff zu geben, von dem man merkte, dass er beabsichtigt war. Die etwas hervorstehenden, aber perfekt gezeichneten Lippen deuteten ein Lächeln an, und gleichzeitig entspannten sich die schwarzen Brauen, dicht, aber ohne die Harmonie des Gesichts zu zerstören. ›Bonjour, messieurs‹, grüßte sie, versuchte jedoch nicht, in ihrem Französisch den arabischen Akzent zu verbergen, der mir besonders reizvoll erschien. Sie hatte eine feste Stimme, die in den tiefen Lagen manchmal unfreiwillig heiser wurde, ganz leicht, aber so sinnlich, dass es einen verwirren konnte. Sie küsste ihren Bruder so nonchalant auf die Wange, dass die Geste jede Vertraulichkeit verlor, und uns drückte sie kräftig die Hand, streckte dabei jedoch den Arm etwas aus, als wollte sie auf nicht persönlich gemeinte, aber deutliche Distanz gehen.« Ich glaube, es ist nicht überflüssig, meine Leser darauf hinzuweisen, dass gewisse museografische Anspielungen in dieser Beschreibung auf mein Konto gehen. Iturri sagte etwas wie ›diese Frauenstatuen, die es in Rom gibt‹ oder ›diese lächelnden Jünglingsgestalten in Athen‹. Dann erzählte er, wie sie den hintersten Winkel des Schiffs besichtigten und wie Warda bewies, dass sie über Einzelheiten der Maschinen, der Ladekapazität und des Funktionierens der Kräne ziemlich kompetent Bescheid wusste. Langsam ging sie neben den Männern her, mit entschlossenem Schritt, den man jedoch nie als sportlich hätte bezeichnen können. »Sie war eine hundertprozentige Levantinerin«, sagte Iturri, »und ihr Bemühen, die abendländische Mode und Lebensweise zu übernehmen, änderte keineswegs etwas an diesen eindeutigen, wesentlichen Zeichen, die für dieses Völkergemisch typisch sind. Ja mehr noch, je besser man sie kannte, desto mehr merkte man, dass sie mit ihrem arabischen Blut nicht nur zufrieden, sondern stolz darauf war.«

Sie gingen in die Kapitänskajüte zurück, um weiterzusprechen, und Warda schlug vor, die Halle des Hotels aufzusuchen, wo sie logierte. »Dort ist es bequemer, und wir können etwas trinken. Oder vielleicht möchte der Kapitän hier noch etwas sehen?« Jon schoss der Gedanke durch den Kopf, eine oberschülerhafte Schmeichelei von sich zu geben, etwa: »Hier gibt es nichts mehr zu sehen außer Ihnen.« Es war kaum eine Versuchung, und er unterdrückte sie sogleich, erinnerte sich seltsamerweise aber noch immer daran. »Nein, das genügt. Von mir aus können wir gehen«, antwortete er, sich hinter seinen einfachen, aber untadeligen Manieren eines hundertprozentigen Basken verschanzend. In diesem Moment merkte er, dass ihn Warda manchmal interessiert, aber ohne Neugier anschaute. Sicherlich versuchte sie die beruflichen Fähigkeiten des Mannes abzuschätzen, von dem zu einem großen Teil die praktische Lösung ihrer Zukunft abhängen sollte. Als er zur Seite trat, damit sie die Trittleiter hinuntersteigen konnte, schaute ihn Warda mit einem Lächeln an, das ihre großen, regelmäßigen Zähne entblößte, deren Weiß an Elfenbein erinnerte. Die Haut hatte einen schwachen Olivton, den die Farbe der Kleider in deutlicher Absicht betonte. »Das Lächeln bedeutete Billigung«, erklärte mir Jon mit ein wenig rührendem Ernst, »Zustimmung, nicht nur zu meinen Gaben als Seemann, sondern zu etwas Persönlicherem. Aber es bedeutete auch nicht mehr, als dass sie sich über einige äußere Besonderheiten meines Aussehens und meiner Manieren zufrieden zeigte. Was jedoch mich betrifft, so war ich vollkommen bezwungen von dieser Mischung aus unfassbarer Schönheit, sicherer Intelligenz und einem streng definierten Charakter, den ihre Absicht zeigte, jedes Band zu zerreißen, das sie ans uralte Familientotem ihrer Leute band. In der Halle des kleinen, aber eleganten Hotels in Pola, wo Warda logierte, sprachen wir weiter vom Geschäft. Die Geschwister bestellten Fruchtsaft; obwohl sie sich nicht offen zur islamischen Religion bekannten, schienen sie gelegentlich bestimmte Koranregeln einzuhalten. Ich hatte den Eindruck, Abdul hätte uns gern bei einem alkoholischen Getränk Gesellschaft geleistet, habe es sich aber versagt, weil seine jüngere Schwester anwesend war. Der Gaviero bestellte einen Campari mit Gin und Eis und ich dasselbe, da ich meinen Grundsatz, vor dem Mittag niemals Alkohol zu trinken, ganz vergessen hatte. Dieses und noch weitere sehr deutliche Symptome zeigten mir, dass etwas in mir dabei war, sich für immer zu verändern, und dass der Ursprung dieses Wandels in Wardas Gegenwart lag. Ein weiteres Zeichen war, dass ich undifferenziert und ohne größere Vorreden die Vertragsbedingungen der Bashurs annahm. Noch heute kann ich mich nicht mit absoluter Sicherheit an sämtliche Klauseln erinnern. Das Einzige, was mir noch deutlich im Gedächtnis haftet, sind die wenigen, aber bestimmten Bemerkungen von Abduls Schwester über die Art, wie das Schiff unter geschäftlichem Gesichtspunkt betrieben werden sollte: ›Ich will nicht, dass Sie sich verpflichten, eine Ladung zu transportieren, die irgendein Risiko bedeutet. Auch die kleinste Reibung mit den Versicherungsgesellschaften und Zollbehörden muss vermieden werden‹, erklärte sie und schaute dabei den Gaviero und ihren Bruder mit überdeutlicher Absicht an. Die beiden waren in Handeln dieser Art offenbar Experten, denn sie lächelten sich zu, machten aber keine Bemerkung. Eine weitere Bedingung, die Warda ebenfalls nachdrücklich stellte, werde ich nie vergessen können, Sie werden später sehen, weshalb: ›Ich wünsche die geschäftliche Seite des Unternehmens in regelmäßigen Abständen persönlich zu überwachen. Deshalb werden Sie mich über Ihre Routen bitte auf dem

Laufenden halten, Kapitän, und ich teile Ihnen dann mit, in welchem Hafen wir uns sehen müssen. Es versteht sich von selbst, dass Sie bei allem, was Unterhalt, Anheuern von Personal und Fahrten der *Alción* betrifft, vollkommen freie Hand und absolute Autonomie haben.'«

Iturri stimmte sogleich zu, ohne darauf zu achten, was diese künftigen Begegnungen und die Verantwortung bedeuten konnten, die es mit sich brachte, wenn er über seine Arbeit Rechenschaft ablegte. Man vereinbarte, die notarielle Regelung des Vertrags und den entsprechenden Eintrag beim Hafenamt in Pola so rasch als möglich vorzunehmen. Warda stand als Erste auf, um sich zu verabschieden. Sie wolle etwas ausruhen, sagte sie, denn sie habe die ganze Nacht von Wien hierher in einem abscheulichen Zug verbracht. Als sie Iturri die Hand gab, sagte sie halb im Ernst, halb lächelnd zu ihm: »Ich bin sicher, die *Alción* wird einen ausgezeichneten Kapitän haben und Sie eine Partnerin, die Ihnen keine Schwierigkeiten bereitet. Sagen Sie, stammte Ihr Vater oder Ihre Mutter aus England?« – »Nein«, antwortete er amüsiert, denn er kannte den Grund der Frage. »Alle meine Vorfahren sind Basken und haben seit Jahrhunderten in derselben Gegend gelebt. Wenn Sie mich wegen des Namens fragen, so ist es ein schlichter Zufall. Jon ist ein ebenso baskischer Name wie Iñaki. Er schreibt sich ohne das h des englischen Namens.« – »Sehr gut. Ich werde daran denken. Ich hätte ihn mit h geschrieben und mich dann blamiert.« Jon machte nur eine Bewegung mit dem Kopf, um anzudeuten, dass das ohne Bedeutung sei. Die drei Männer blieben noch eine Weile sitzen, um einige Details des Vertrags zu bereinigen. Dann gingen sie in eine Hafenkneipe essen. Die Unterhaltung drehte sich um Seegeschichten, die fast alle vom Gaviero stammten, dessen Erfahrung auf diesem Gebiet anscheinend unerschöpflich war. »Mein erster Eindruck von Bashurs Teilhaber änderte sich vollkommen«, sagte der Baske. »Ich sah, dass meine provinziellen und nationalen Vorurteile mich daran gehindert hatten, auf den ersten Blick den enormen Erfahrungsreichtum und die tiefe, warme Menschlichkeit dieses Mannes wahrzunehmen, dessen Nationalität ich nie herausfand, ebenso wenig wie die Aussprache seines Namens, der entfernt etwas Schottischem verwandt war, aber auch türkisch oder iranisch hätte sein können. Später erfuhr ich, dass er einen zypriotischen Pass hatte. Aber das will nichts besagen, denn er selbst deutete an, ich solle der Echtheit des Dokuments nicht trauen.«

Am nächsten Tag kehrten Bashur und sein Freund nach Antwerpen zurück. Warda sagte, auch sie werde nach Wien zurückfahren, sobald die Papiere bereit wären, die sie gemeinsam mit Jon zu unterzeichnen hatte. Das geschah einen Tag nach Bashurs Abreise. Iturri brachte seine Siebensachen aufs Schiff und richtete seine Kajüte mit musterschülerhafter Genauigkeit ein. Dort würde er eine unbestimmte Zeit verbringen, jedoch nicht weniger als zwei Jahre, wie es im Vertrag hieß. Dann hatte er ein Treffen mit vier Maschinisten und einem Obermaat, die man ihm auf dem Hafenamt empfohlen hatte, und suchte schließlich auf einigen an den großen Eingangstoren zu den Molen angeschlagenen Listen mit freiem Personal den Rest der Mannschaft. Als er eine der Listen studierte, überraschte ihn Warda Bashurs Stimme, die ihm von hinten fast direkt ins Ohr sagte: »Ich würde diesen Listen kein großes Vertrauen schenken. Aber das ist Ihre Sache. Möglicherweise bin ich allzu misstrauisch.« Wieder schaute er sie an, und dass sie sich umgezogen hatte, verwirrte ihn ein wenig – in dem Sinn, dass ihm ihre Schönheit erneut die Sprache raubte. Sie trug ein schlichtes Baumwollkleid mit großen Blumen in verschiedenen Pastelltönen. Wieder lag über ihren Schultern eine Jacke aus naturfarbener

Wolle. »Ich vermutete Sie bereits in Wien«, bemerkte er, um etwas zu sagen. – »Aber wie konnten Sie annehmen, ich würde gehen, ohne mich von meinem Partner zu verabschieden? Außerdem gibt es da noch einige Dinge, über die wir sprechen müssen. Haben Sie schon eine Verabredung fürs Abendessen?« – »Nein, ich bin frei. Wo möchten Sie essen?« Die Aussicht, allein mit ihr zu speisen, stimmte ihn freudig und neugierig zugleich. »Ich weiß nicht, ob Sie ein großer *Frutti-di-Mare*-Liebhaber sind. Mich langweilen sie ein wenig. In der Straße hinter Ihrem Hotel gibt es eine jugoslawische Kneipe. Sollen wir uns um acht Uhr dort treffen?« Er konnte sich nicht beherrschen und schlug vor, sie in ihrem Hotel abzuholen. »Sehr liebenswürdig von Ihnen, aber ich kann ganz gut allein auf mich aufpassen, und es macht mir Spaß, gemütlich die paar Schaufenster in der Hauptstraße anzuschauen. Männer verdrießt so etwas meist.« Immer lag in Wardas Worten etwas wie eine verborgene Aufforderung, ihr mit einem Kompliment zu antworten. Wenigstens kam es Iturri so vor, und beinahe hätte er gesagt, das langweile ihn überhaupt nicht, sondern erscheine ihm im Gegenteil sehr reizvoll. Aber er tat es nicht. Ein hellsichtiger Instinkt brachte ihn von solchen Versuchungen ab.

In der Art, wie sie mit ihm und auch mit Abdul und seinem Kollegen sprach, lag ein Nachdruck, ein Anflug von Autorität, der dieses leichtfertige Tändeln nicht zuließ, mit dem viele Frauen gern spielen. Also bekräftigte Jon nur, er werde zur vereinbarten Stunde dort sein, und sie verabschiedete sich mit dem gewohnten Händedruck. Jon hatte die Lust verloren, die besagten Listen durchzusehen, und ging zum Schiff, um den Obermaat, einen Algerier mit finsterem Blick, aber sanftem Charakter und gemessenen Bewegungen, die ihm volles Vertrauen einflößten – anzuweisen, die erforderlichen Leute anzuheuern, zumindest so viele, wie man für die erste Reise brauchte. Zuerst wollte er nach Hamburg, wo ihm einige Freunde, Kaffeehändler, eine Fracht für die skandinavischen Länder und einige baltische Häfen mitgeben könnten.

Als er im Restaurant eintraf, wartete sie schon auf ihn. Ironisch bemerkte er, anscheinend gebe es auf dem Weg vom Hotel hierher nicht sehr interessante Schaufenster. »Weder interessante noch sonst welche – gar nichts. Diese Stadt ist tot, gerade gut für weltfremde Sommerfrischler. Solche Orte deprimieren mich leicht.« Iturri dachte, die Erziehung der jüngeren Bashur-Schwester habe der Familie wohl manche Kopfschmerzen bereitet. Das

Essen war ausgezeichnet und der Wein noch besser: ein etwas prickelnder bosnischer Weißer mit einem leicht fruchtigen, unzweifelhaft natürlichen Bukett. Sie sprachen von Hamburg, von Zukunftsprojekten und wie sie es anstellen sollten, um miteinander in Verbindung zu bleiben. Sie würde dem Kapitän die Nummer eines Postfachs in Marseille geben, und von da würde man ihr die Briefe dorthin schicken, wo sie sich gerade aufhielte. Er fragte sie, ob sie vorhabe, viel zu reisen. »Wegen der Post«, erklärte er, »nur wegen der Post.« – »Weswegen könnte es denn sonst sein?« Ihr Ton war herzlich-herausfordernd. »Neugier, reine, schlichte Neugier. Wir Männer sind normalerweise sehr viel neugieriger als die Frauen. Wir können es bloß besser kaschieren«, antwortete er im selben Ton. Sie sagte, genau in diesem Zusammenhang wolle sie mit ihm über etwas sprechen: »Bis jetzt habe ich unter der Kontrolle meiner älteren Schwestern und meiner Brüder gelebt. Aber diese sind nicht so streng gewesen, wie man das bei einer moslemischen Familie annehmen könnte. Meine Schwestern waren es, die die Aufgabe übernommen und gewissenhaft ausgeführt haben. Das hatte einen gewissen Sinn, als ich noch minderjährig war. Aber jetzt bin ich vierundzwanzig, und das Ganze ist nicht nur unerträglich, sondern auch lächerlich. Meine Schwestern, beide verheiratet, sind die typischen resignierten Frauen, die für die Geschäfte ihrer Männer Interesse nur vortäuschen, die sich der Kinder annehmen und das Haus in Ordnung halten. Sie wollten immer, dass ich dasselbe mache. Merkwürdigerweise war ich nie rebellisch und bin es auch jetzt nicht. Vielleicht will ich eine Zukunft, die der meiner Schwestern irgendwie gleicht, aber ich möchte sie selbst wählen und im Rahmen gewisser Launen und persönlicher Vorlieben, die noch nicht sehr ausgeprägt sind, die ich aber zu verstärken hoffe, wenn ich eine Weile in Paris, dann in London und New York lebe. Ich bin eine gierige Leserin, und die Malerei begeistert mich. Die Malerei, die an den Wänden hängt. Ich selbst bin unfähig, einen Strich zu zeichnen, dem irgendetwas ähnlich sieht. Deshalb wollte ich Sie bitten, sich unter keinen Umständen an meine Familie zu wenden, um mit mir in Verbindung zu treten, und auch nicht mit ihnen über meine Ortswechsel zu sprechen, wenn Sie irgendwann jemandem von ihnen begegnen. Ich habe zwar nichts zu verbergen, aber wenn ich ihnen die kleinste Ritze offen lasse, schleichen sie sich durch sie ein und werden mich nicht mehr nach meinem eigenen Willen handeln lassen. Ich möchte nicht, dass

Sie den Eindruck einer jungen Frau bekommen, die mitten in einer Rebellionskrise steckt. Ich sage noch einmal, dass ich eine ziemlich ruhige Person bin, Exzesse jeder Art, Übertreibungen und große Worte bringen mich in Harnisch. Ebenso wenig pflege ich mich an etwas festzuklammern, was ich für endgültig hielte. Nichts ist endgültig. Das bisschen Leben, das ich gelebt habe, genügt mir, um es festzustellen. Vielleicht erscheint es Ihnen seltsam, dass ich mich über etwas so Persönliches aufhalte, aber da ich meine Leute sehr genau kenne, möchte ich mich vor jedem Eingreifen von ihnen in mein Leben schützen, zumindest jetzt, in dieser Zeit der Prüfung und Bildung, wie ich das etwas hochtrabend nenne.« Natürlich gab ihr Iturri jede Garantie, dass sie ihre Unabhängigkeit bewahren würde, und wagte ihr sogar zu sagen, er halte das für einen Plan, der auf eine mustergültige Besonnenheit hindeute. Er sei sicher, schon jetzt lasse sich sagen, dass das Ergebnis dieser europäischen Erfahrung bei jemandem wie ihr sehr gründlich, sehr positiv sein und sicherlich eine radikale Änderung mancher ihrer Gedanken und Gewohnheiten bewirken werde. Rasch erwiderte sie, sie erwarte sie weder so radikal, noch wolle sie vieles von dem ändern, was jetzt ihr Leben ausmache. »Sagen wir, ich bin konservativ, aber ich will entscheiden, was ich beibehalten will, ohne es mit den andern zu besprechen oder auf ihre Zustimmung zu warten.«

Jon überraschte, wie Warda von sich selbst sprach, mit einer nicht nur wenig weiblichen – so wenigstens erschien es ihm –, sondern für ihr Alter und bei ihrer sicher geringen Lebenserfahrung auch völlig unerwarteten Intelligenz und Objektivität. Es war etwas an ihr, was den Basken auf ganz besondere Weise zu faszinieren begann – diese Mischung aus Gelassenheit, natürlicher Sicherheit und der ruhigen Art, sich und ihre Zukunft zu sehen, und alles gefärbt mit etwas, was man zwar nicht gerade Zärtlichkeit nennen konnte, was auf ihren Gesprächspartner aber wie Balsam einwirkte. Da gab es weder Kanten noch überraschende Ungereimtheiten, noch verborgene Mechanismen, die plötzlich losgehen konnten. Und all das ausgedrückt in diesen zeitlos vollkommenen Gesichtszügen und einem nicht weniger harmonischen, starken Körper. Iturri dachte, bei diesem und bei anderen Gesprächen an den Vortagen habe sie sich gewiss amüsiert, wie er alle Augenblicke ein Gesicht verdutzter Bewunderung, geblendeter Ungläubigkeit aufsetzte, und das brachte ihn noch immer zum Erröten, wenn er sich daran erinnerte. Diese Verbindung von

Schönheit und reifer Gelassenheit bei Warda übten von Anfang an einen Einfluss auf ihn aus, dessen Tiefe und Verästelungen immer deutlicher und entscheidender wurden. Mochte es auch emphatisch und übertrieben klingen, die Welt hatte sich für Jon verändert. Wenn sie so jemanden beherbergte, dann konnte sie nicht sein, was er bisher gedacht hatte. In den nächsten Tagen würde er fünfzig, und auf einmal sah alles um ihn herum völlig neu und verwirrend aus. Es war sehr schwierig zu erklären. Ein so umfassendes Phänomen Liebe zu nennen, würde heißen, es zu vereinfachen, in schon skandalöse Oberflächlichkeit zu verfallen. Dieses Wort wurde fast immer mit gezinkten Karten ausgespielt. Da war etwas erwacht, was einstweilen nicht in Worte zu fassen war.

Sie verließen das Restaurant, und ohne es anzubieten oder sich aufzudrängen, begleitete er sie zum Hotel. Beim Abschied sagte sie ihm mit liebenswürdigem, etwas ironischem Lächeln: »Schön, Kapitän, ich werde also Nachricht von Ihnen erhalten. Denken Sie daran, dass meine Zukunft in Ihren Händen liegt.« Vor der Drehtür, durch die sie verschwunden war, blieb er eine Weile gedankenversunken stehen. Dann ging er zum Schiff zurück, warf sich angekleidet in die Koje und versuchte, jeden Zug dieses Gesichts, jede Nuance dieser Stimme zu rekonstruieren, die ihn in eine Hypnose versetzten, welche allmählich weit in die Vergangenheit zurückführte, in die Vergangenheit eines Volkes von Magiern und moslemischen Heiligen, von Kriegern und Seefahrern ohne Windrose.

Die Nächte im Sumpf, unter dem sternenübersäten Himmel, der mit lauem Pulsieren phosphoreszierte, waren günstig für Jon Iturris langes Bekenntnis. So wie ich es hier resümiere oder ordne, ist es leider nicht möglich, die zunehmenden Akzente zurückgehaltener Emotion so zu setzen wie in Jons Erzählung. Die Art, wie der Schiffskapitän auf Warda Bashurs Schönheit Nachdruck legte, hatte etwas Reiteratives, glich einer Litanei oder Kantilene. Es war ergreifend, zu hören, wie er mit den Worten kämpfte, die immer so armselig sind und so fern von einer Erscheinung, wie es menschliche Schönheit ist, wenn sie in den Rang des in seinem Wesen Unbeschreiblichen kommt. Da war beispielsweise der Eifer, zu beschreiben, wie die junge Frau jedes Mal gekleidet war. Vielleicht dachte Jon, so von einem andern Winkel aus ans Ziel zu kommen, wenn er spürte, dass die reine Beschreibung von Gesicht und Körper höchstens ein ungreifbares, reichlich wirres Bild in der Luft schweben ließ. Aus andern Gründen, diesmal der natürlichen Scham und Zurückhaltung seines Volkes zuzuschreiben, stolperte er auch immer wieder bei der Beschreibung seiner Beziehung zu Warda und der Art, wie sie allmählich in den ›hortus clausus‹ einer Intimität gelangten, die er unmöglich näher definieren konnte – aus den genannten Gründen und wegen seines Seemannscharakters, wenig geübt darin, sich in den Schilderungen und Kniffs zu ergehen, wie sie diesen Geschichten der Landmenschen eignen. Ich will versuchen, eine geradere, knappere Linie zu wählen, als Jon sie in den Nächten im Sumpf einschlug, wo er mir seine Erfahrung schilderte.

Nachdem er in Hamburg eine schwere Fracht Kaffee und Maschinenersatzteile für Gdingen und Riga geladen hatte, kehrte er nach Kiel zurück, wo er wiederum eine Fracht für Marseille aufnahm. Diese Reiseroute teilte er der Miteigentümerin der *Alción* in der vereinbarten Form mit. Mit dem Tramp Steamer geschah ihm etwas sehr Merkwürdiges: Langsam gewöhnte er sich an das unerfreuliche Aussehen des Schiffs, das sehr täuschte, wie ihm schon Bashur in Antwerpen gesagt hatte. Auch wenn die Maschinen aus dem Anfang des Jahrhunderts stammten, waren sie so überaus gewissenhaft und umständlich unterhalten worden, dass sie sehr viel besser funktionierten, als ihre Arrythmien und klagenden Aussetzer annehmen ließen. Die mangelnde Farbe, der sich allmählich bis in die verborgensten Winkel ausbreitende Rost und die unglückliche Silhouette des Schiffs waren teilweise behebbare Mängel, und er nahm sich vor, das bei der erstbesten Gelegenheit zu tun. Die Kräne arbeiteten noch ohne größere Schwierigkeiten. Ihre Langsamkeit und ihr Wanken brachten die Löscher auf den Molen in Rage, aber ganz versagten sie nie. Mit der Zeit verspürte Jon für sein Schiff Zuneigung und Solidarität und hörte die manchmal humorvollen, manchmal offen unbeherrschten Bemerkungen seiner Kollegen oder des Molenpersonals sehr ungern. Jedes Mal, wenn so etwas geschah, musste er für sich denken: Kennten sie die Eignerin – was würden sie für ein Gesicht machen und wie anders sähen sie sicherlich die *Alción*.

Als er in Marseille eintraf, erwartete ihn eine knappe Mitteilung, in der Warda ihm für den nächsten Tag ihr Kommen ankündigte. Sie gab weder ein Hotel noch das Transportmittel an, das sie gewählt hatte. Am Mittag des nächsten Tages, als das Löschen unter einer am wolkenlosen Himmel brennenden Junisonne in vollem Gang war, sah Jon sie am Fuß des Fallreeps erscheinen. Sie war mit einem Taxi gekommen, das sich sogleich wieder entfernte. Sie begrüßte ihn mit unerwartet vertraulichem Winken und begann rasch die schaukelnden Sprossen heraufzusteigen. Er war im Hemd, ohne seine Seemannsmütze, die er nur selten abnahm, und musste sich zum Teil auf einen Kran konzentrieren, der sich alle Augenblicke verfing. Sie sah herrlich aus, und wieder überraschte ihn, wie ihre Schönheit mit jedem Wechsel der Kleidung erneut als nie zuvor gesehene Erscheinung strahlte. »Ich hätte diesen verdammten Kran zerstückeln können«, sagte er zu mir, »weil er meine Aufmerksamkeit in Anspruch nahm, die ich doch ganz meiner schönen Besucherin schenken wollte. In solchen Momenten führen sich die Maschinen so plump launenhaft und irritierend auf wie Menschen. Der Obermaat kam mir zu Hilfe, und ich übergab ihm die Verantwortung für die weitere Beaufsichtigung der Operation.« Warda schlug vor, in ein Restaurant an der Canebière zu gehen, dessen Inhaber, Landsleute von ihr, ihre Brüder kannten: »Zwei Dinge kann ich Ihnen dort garantieren: einen ehrlichen Wein und eine *Bouillabaisse,* wie sie Marschall Masséna aufgetischt wurde, als er hier vorbeikam. Wenigstens sagen das die Besitzer. Sie meinen, Masséna sei ein Marschall aus dem Weltkrieg. Lassen

Sie sie unbedingt in diesem Glauben, es wäre sonst fatal für die *Bouillabaisse*.« Sie wartete auf Deck, während Jon rasch eine Dusche nahm und sich umzog. Das Lokal war wirklich außergewöhnlich. Der Weißwein floss mit einsichtiger Raschheit die Kehle hinunter, sodass sich das Aroma des Gerichts am Gaumen völlig frei entfalten konnte, ja geschützt durch den fruchtig-erdigen Duft des *Clairette de Die* vom Vorjahr. Jon fasste kurz zusammen, was er unternommen hatte, und informierte Warda über das finanzielle Ergebnis der Geschäfte, das nicht gerade brillant war, aber in etwa den Berechnungen entsprach, die sie angestellt hatte, um sich unabhängig zu machen. Der Gesprächston war so warm und spontan wie noch nie zuvor. Nun war es, als hätten beide in der Erinnerung das Bild des andern verarbeitet, und das hatte eine gemeinsame Domäne ergeben, was zwar nicht zur Sprache kam, aber bei dieser zweiten Begegnung immer gegenwärtig war. Jon fragte sie nach ihrer europäischen Erfahrung und zu welchen Schlussfolgerungen sie in diesen Monaten gelangt sei. »Ich frage Sie danach«, erklärte er, »weil ich spürte, dass Sie sich sehr auf die Erfahrung freuten, und ich enthielt mich eines Kommentars, der sich negativ hätte auswirken können. Sie sind zu intelligent, um über gewisse Hindernisse hinwegzugehen, die das europäische Abendland für die bereithält, deren Sensibilität noch nicht abgestumpft ist und die nicht einfach mit Touristenaugen sehen. Für Sie und Ihre Leute ist Europa natürlich letzten Endes ein mehr oder weniger junger Kontinent, eine Art gesetzteres Amerika. Oder irre ich mich vielleicht?« – »Ja«, antwortete sie lächelnd, »Sie irren sich vollkommen. Ich weiß nicht, weshalb Sie mir eine überdurchschnittliche Intelligenz zusprechen. Aber wie dem auch sei, wir kommen mit sehr naiven Augen nach Europa. Unser Alter wurde schon vor vielen Jahren zu einer Art Müdigkeit, Abnutzung und Verschleiß durch Bräuche und Gedanken, die uns nicht einmal mehr zum Leben in unserem eigenen Land dienen. Aber wenn ich Ihnen erzählen soll, was ich in Europa spüre, so muss ich Ihnen sagen, dass es eine langsame, aber wachsende Enttäuschung ist. Ich spüre, dass ich für ein anderes Umfeld, für andere Gegenden gemacht bin. Für welche? Ich weiß nicht, ich kann es noch nicht erklären. Aber natürlich ist es nicht direkt Heimweh nach meinem Land und meiner Kultur. Es kommt mir so vor, als wäre mir alles, was ich jetzt in Europa zu sehen und aufzunehmen versuche, schon vorher bekannt gewesen, hätte mich schon vorher gelangweilt. Vielleicht ist es für Sie klar, dass es so ist, da Sie ein Seefahrerleben ohne festen Stützpunkt führen. Ich weiß nicht. Ich wünschte mir, Sie könntens mir sagen.« Ein feuchter, verwirrter Blick heftete sich auf Iturri und wartete auf seine Worte. »Ich wusste ganz genau, was ich ihr hätte antworten sollen«, sagte der Baske zu mir, »aber gleichzeitig merkte ich, dass wir nicht mehr nur wie alte Bekannte miteinander sprachen, sondern so, als teilten wir ein wachsendes Gefühl, das zwar noch nicht explizit war, aber deutlich in der Entwicklung, die unsere Unterhaltung nehmen würde. Der Weißwein trug nicht wenig dazu bei, unsere gegenseitigen Schutzwälle und Ängste abzubauen. Wir befanden uns bereits an einem andern Punkt, in einer andern Art Beziehung. Als wir uns unsere erste Begegnung in Erinnerung riefen, kamen wir uns selbst wie Fremde vor. Wir sagten es nicht. In diesem Fall brauchte es keine Worte. Wenigstens nicht die, die direkt und brutal auf diese Veränderung angespielt hätten. Wir nahmen sie wahr, und nur das war wichtig. Unter diesen Umständen mehr oder weniger allgemeine und bekannte Gedanken über Wardas ›europäische Erfahrung‹ aneinander zu reihen, war ziemlich unnütz, und außerdem war es nicht das, was sie hören wollte. Ich sagte ihr, mir erscheine es entscheidend, dass sie sich ihre Freiheit, ihre geistige Offenheit bewahre. Die Antworten, Erfahrungen und Veränderungen würden sich von selbst einstellen. Die *Alción* verspreche weiterhin Gewinn abzuwerfen, sodass sie ihre Erziehung des Herzens fortsetzen könne – ein Begriff, der sie für einen Moment die schwarzen Brauen runzeln ließ, die sonst fast immer ruhig und unbeweglich waren. Ich erklärte ihr, der Begriff umfasse einen viel weiteren Bereich als das einfache ›Gebiet der Liebe‹. Plötzlich machte sie mir ein Geständnis, das endgültig den Anfang einer gemeinsamen Geschichte bedeutete. ›Ich weiß, was Sie meinen. Was das betrifft, was Sie das Gebiet der Liebe nennen, das habe ich abgeschritten, und zwar mehr, als Sie bei meinem Alter annehmen können. Sie dürfen nicht sehr an diese moslemische Überwachung glauben. In meinem Leben habe ich mehrere Männer gehabt. *No regrets.* Aber auch keine Erinnerung, die zu bewahren sich lohnen würde. Nachdem das gesagt ist, lassen Sie uns also mit meiner Erziehung des Herzens fortfahren. Ich rechne auf Ihre Hilfe.‹ Ich sagte ihr, die habe sie schon seit Langem. ›Aber ich weiß nicht‹, fügte ich hinzu, ›was ein Fünfzigjähriger wie ich dazu Gültiges, Positives beisteuern könnte.‹ – ›Sie haben es schon getan, und es ist verbucht.‹ Zum ersten Mal schaute sie mich mit einem offen und vergnügt kokettierenden Blick an, der mich in den Zustand dieser Katzen versetzte, die vom Dach fallen und einen Moment lang nicht genau wissen, was geschehen ist und wo sie sind. Mitternacht war schon vorüber, als wir das libanesische Lokal verließen. Plötzlich hielt sie ein Taxi an, verabschiedete sich etwas überstürzt von mir und sagte: ›Ich gehe ins Hotel, um ein wenig Schlaf nachzuholen. Auf der Reise habe ich keine Minute geschlafen. Ich vermute, die Mole liegt wenige Schritte von hier entfernt, nicht wahr?‹ Nein, die Mole war sehr viel weiter als ihr Hotel, aber das mochte ich ihr nicht sagen. Offensichtlich wollte sie unser Gespräch nicht fortsetzen; sie schützte sich vor etwas, vor einem Impuls, vielleicht vor der Weiterführung unserer Unterhaltung in diesem intimen Ton. Als sie schon im Taxi saß, kurbelte sie das Fenster hinunter, um mich zu fragen, wohin ich von Marseille aus zu reisen gedächte. ›Nach Dakar, um eine Fracht für die Azoren zu laden, und von dort, ebenfalls mit einer Fracht, nach Lissabon.‹ – ›Wir sehen uns in Lissabon.‹ Ihre Augen waren weit geöffnet, als wöge sie einen geheimen Reiz dieser Stadt ab.«

Iturri nickte zustimmend und wartete auf ein weiteres Taxi, das ihn zu den Molen brachte. Während er zahlte und das Trinkgeld für den Fahrer abzählte, merkte er, dass er endgültig und hoffnungslos verliebt war. »Wie ein Schüler«, sagte er, »wie ein armer, wehrloser, verwirrter, ängstlicher Schüler. Seit vielen Jahren hatte ich mich nicht mehr so gefühlt.« Die ganze Nacht tat er kein Auge zu, und am nächsten Tag nahm er mit schrecklichen Kopfschmerzen Kurs auf Dakar, inmitten eines dieser sommerlichen Regengüsse, die das Mittelmeer zu einem Dampfbad machen. Er dachte, nun sei der Moment gekommen, die *Alción* zu streichen. Die Frivolität des Gedankens ließ ihn erröten. Er hätte auch gar keine Zeit gehabt, es zu tun. Das ganze Jahr war vergeben mit Aufträgen alter Bekannter, die auf seine Zuverlässigkeit bauten und ihm helfen wollten. In Dakar dauerte der Ladevorgang sehr viel länger als vorgesehen. Als er zu den Azoren kam, hatte der Herbst schon begonnen. Er erinnerte sich, dass Warda ihm gesagt hatte, sie habe vor, zum Herbstende die großen Heiligtümer der russischen Orthodoxie – Sagorsk, Nowgorod und so weiter – zu besuchen. Die Vorstellung, sie in Lissabon nicht mehr zu sehen, begann ihn zu peinigen. Wieder ein Gefühl, das er seit Langem nicht mehr erlebt hatte – die Erwartung eines Glücks, das wir als unaufschiebbar empfinden und das uns mit jedem Tag ungewisser wird. Eine kleine Hölle, die ihm den Schlaf raubte und ihn daran hinderte, mit wachem Geist zu arbeiten. Im Magenmund nahmen ihm ein lebloses Gewicht, ein Druck den Appetit. Die Fahrt von den Azoren zur portugiesischen Hauptstadt wurde zu einer wahren Tortur für ihn. Manchmal dachte er sogar, er habe Fieber. Er überlegte sich umsonst, mit fünfzig Jahren, wo er schon glaubte, diese Art Erfahrungen vor langer Zeit aus dem Gedächtnis gestrichen zu haben, sei es etwas Besorgnis erregend, in eine Sackgasse zu geraten, wo er, falls er weiterzugehen wagte, höchstens einen wohlverdienten Korb bekäme. Als er in die Tejo-Mündung einfuhr, schlug ihm das Herz wie einem Halbwüchsigen auf einer Parkbank.

Er fand keine Mitteilung vor. So suchte er einige Kunden auf, mit denen er einen Transport Olivenöl und Dessertwein nach Helsinki zu vereinbaren hatte. Zusehends näherte sich der Herbst seinem Ende, und Lissabon zeigte sein trüb-trauriges Gesicht, das so gut zu den Fados passt, die die Touristen in den Lokalen zu genießen vorgeben. Mit großer Erschöpfung, die ihn im Innern wie der Beginn einer Tropenkrankheit quälte, ging er zum Hafen. Er hatte jedes Interesse an der *Alción* verloren, und als er sie aus der Ferne mitten in der Bucht vor

Anker liegen sah, wo sie darauf wartete, zu den Molen einfahren zu können, weckte die verlotterte Erscheinung des Tramp Steamer in ihm eine mit Ekel durchsetzte Verärgerung. Als er gerade ins Boot steigen wollte, das ihn zurückbringen sollte, hörte er von fern eine Frauenstimme rufen: »Jon! Jon! Warten Sie auf mich!« Warda rannte die Straße zum Hafen herunter. Sie trug eine cremefarbene Hose und eine rote Bluse. Mit einem hellbeigen Pullover winkte sie ihm, damit er sie sähe. Er blieb auf der Mole stehen, während in ihm ein Glücksgefühl aufstieg. Als Warda neben ihm stand, gab sie ihm einen Kuss auf die Wange, den er nur mit einem leichten Streifen der feuchten Haut dieses Gesichts, das ihn schon seit so langer Zeit verfolgte, zu erwidern vermochte. Wortlos hakte sie den Kapitän unter und führte ihn ins Stadtzentrum. Sie überquerten die Avenida Cuatro de Agosto und gingen durch die Rua do Alecrim. Sie meinte, in den Gässchen des Bairro Alto würden sie sicherlich irgendeine offene Bar finden. »Ich dachte, Sie kämen nicht mehr. Ich stellte mir vor, Sie wären auf dem Weg zu den heiligen Orten der slawischen Orthodoxie.« – »Einstweilen gibt es eine andere Orthodoxie, mit der es ins Reine zu kommen gilt.« Sie schaute ihn mit Vorsatz an und amüsierte sich über das Gesicht, das er offenbar aufsetzte. Iturri konnte, wie alle Basken, seine Gefühle nicht verbergen. »Wir fanden eine Bar, und dort setzten wir uns hin, um uns langsam, aber in aller Offenheit unsere Gefühle zu enthüllen. Ich gestand ihr, wenn sie nicht erschienen wäre, wäre ich entschlossen gewesen, nach Australien abzufahren, um dort in den Küstenhandel einzusteigen«, sagte Jon, und in seiner Stimme war auch nach so vielen Jahren noch eine ungewöhnliche Verzweiflung spürbar. Er erinnerte sich nur an sehr wenig von dem, worüber sie sprachen. Ohne diese Ruhe und reife Gelassenheit zu verlieren, die ihrer Jugend so viel Charme verlieh, gestand sie ihm, die angestrebte europäische Erziehung sei ins Wasser gefallen, und vorläufig interessiere es sie nur, bei ihm zu sein. Es gebe etwas an ihm, was sie mit einer bis dahin unbekannten Kraft erfülle. Das sei alles, was sie wolle. Sie glaube nicht, dass ihnen die Zukunft auch nur die geringste Chance gebe, zusammen etwas aufzubauen. Auch das sei für sie nicht wichtig. Im Moment müsse sie diese Erfahrung ausleben. Sich in einer Gegenwart einrichten, die sie wie die Luft zum Atmen brauche. Jon stammelte einige Vorbehalte über den Unterschied von Alter, Nation und Sitten. Warda zuckte die Schultern und antwortete mit nachtwandlerischer

Sicherheit, weder glaube er, was er da sage, noch habe etwas davon irgendeine Bedeutung. Es war sechs Uhr abends, und zu einigen Tellern mit frittiertem Fisch, dessen Qualität und Geschmack absolut zu vergessen war, hatten sie mehrere Flaschen Vinho verde getrunken. Als sie ins Hotel in der Avenida da Liberdade kamen, versuchten sie sicher und natürlich aufzutreten. Jon trug sich als Wardas Mann ein, und beim Hinauffahren in den vierten Stock umarmten sie sich so heftig, dass sich der Fahrstuhlführer mehrmals nach ihnen umdrehen musste, um sich zu vergewissern, dass sie noch atmeten. Auf dem Weg von der Tür zum Bett ließen sie alle Kleidungsstücke fallen.

»Wir liebten uns immer wieder, so langsam und ausgiebig, wie man es tut, wenn man nicht weiß, was morgen geschieht. Wardas Besessenheit, die Gegenwart mit Sinn zu erfüllen, beruhte auf einer klugen Einschätzung der geringen Möglichkeiten und unüberwindlichen Hindernisse, die unsere Beziehung bot. Wie ich ihr schon in der Bar gesagt hatte, sah auch ich nicht, wohin das führen würde. So flüchteten wir uns mit einer an Verzweiflung grenzenden Hingabe in den Genuss unserer Körper. Nackt umfing Warda so etwas wie eine Aura, die von der Vollkommenheit ihres Körpers, der

Beschaffenheit ihrer geschmeidigen, leicht feuchten Haut und diesem Gesicht ausging, das sich, im Bett von oben gesehen, noch mehr wie eine delphische Erscheinung ausnahm. Es ist nicht leicht zu erklären, zu beschreiben. Manchmal denke ich, ich hätte es gar nie erlebt. Das Einzige, was mich oft vom Wunsch zu sterben abgehalten hat, war der Gedanke, mit mir würde auch dieses Bild sterben.« Wenn Iturri bei der Schilderung seiner Erfahrungen an diese Grenzen stieß, verfiel er immer wieder in ein langes Schweigen, in dem die Verzweiflung seine schmerzlichsten Sedimente aufwühlte. »Drei Tage«, fuhr er fort, »blieben wir in Lissabon im Hotel, ohne das Zimmer zu verlassen. Wir hatten es zu einer Art eigenem Universum gemacht – in einer bedächtigen Abfolge von Episoden einer mit wenig Worten vollzogenen Erotik und von gegenseitigen Bekenntnissen aus unserer Jugend und Entdeckung der Welt. Warda war nicht von einer sehr persönlichen Vorstellung des Seemannslebens abzubringen. Von meiner eigenen Erfahrung auf See konnte ich ihr nur wenig erzählen. Nichts Außergewöhnliches war mir in diesem in grauer Routine ausgeübten Beruf zugestoßen, dessen Monotonie nur von Klima- und Landschaftsveränderungen unterbrochen wurde, die sich durch das andauernde

Umherreisen ergaben. Jetzt gelingt es mir nicht, die Themen unseres Gesprächs zu rekonstruieren. Ich erinnere ich mich jedoch daran, dass es aufgrund des Charakters meiner Freundin einen gelassenen, vollen Ton besaß, wo die Erforschung und Verarbeitung unseres persönlichen Bildes von der Welt und den Menschen vor der Anekdote und der Überraschung den Vorrang hatte. Warda eignete etwas von einer Seherin. Im halb wachen Zustand ihrer Empfindungen schritt sie mit der Entschlossenheit einer Nachtwandlerin voran. Hierin war sie so vollständig orientalisch wie irgendein Geist aus Tausendundeiner Nacht.«

Schließlich musste Jon aufs Schiff zurück, um vor dem Auslaufen die Zollformalitäten zu erledigen. Vom Hotel aus hatte er telefonisch den Frachtvertrag für Helsinki abgeschlossen, wo er eine wichtige Ladung Papier für Veracruz aufnehmen musste. Die ganze Zeit, die diese Geschäfte beanspruchten, begleitete ihn Warda. Zurückhaltend, aber überaus neugierig verfolgte sie die Formalitäten, in denen sie ein Mysterium sah, was Iturri zum Lachen brachte. Keiner von beiden mochte den Moment des Abschieds erwähnen, und als er gekommen war, sagte sie nur, mit einer Stimme, die natürlich klingen sollte, ohne dass es ihr gelang: »Ich erwarte dich in Helsinki. Ich werde am Hafen sein, um dich zu empfangen.« Jon erklärte ihr, er müsse über Hamburg fahren, um einige Motorteile auszuwechseln, und dafür benötige er mindestens einen Monat, denn in den Werften gebe es lange Wartezeiten. Wenn sie nach Helsinki kämen, läge die Temperatur mehrere Grad unter null. »Teil mir das Datum deiner Ankunft mit, sobald du es weißt. Ich werde am Hafen sein.« Diese Sicherheit, die sie in ihren Entschlüssen nicht zaudern ließ, war einer von Wardas Charakterzügen, die Jon am meisten anzogen. Sie hatte – um seine Worte zu gebrauchen – ›die Weisheit der Matronen meines Hauses in Ainhoa in einem Aphroditekörper‹. Zu viel für ein armes Mannesleben. Als wir zu diesem Teil der Geschichte kamen, verfiel er wieder in eine seiner Schweigepausen, vielleicht die längste von allen, die sein mehrere Nächte beanspruchendes Bekenntnis unterbrachen.

Jetzt«, begann er wieder, als ich schon glaubte, er würde nicht mehr weitersprechen und wolle sich in seine Kajüte zurückziehen, »verkettet sich meine Erzählung mit der Ihren. Ich muss Ihnen gestehen, dass mich dabei nicht so sehr Ihre Begegnung mit der *Alción* überrascht hat; das ist ja noch ein recht erklärbares Zusammentreffen. Was mich außerordentlich verwirrt und in Wirklichkeit dazu gebracht hat, Ihnen meine Geschichte zu erzählen, ist ein anderer Zufall, dieser freilich in höchstem Grad beunruhigend, denn er wirkte auf mich, als übermittelten Sie mir ein Zeichen eines geheimen Bündnisses: Jede Ihrer Begegnungen mit der *Alción* fällt mit entscheidenden Marksteinen meiner Liebesbeziehung mit Warda zusammen. Es gab andere denkwürdige und angenehme Abschnitte, aber in Helsinki, Punta Arenas, Kingston und im Orinoko-Delta verschworen sich die Umstände, um aus jeder dieser Stationen den Ort zu machen, an dem unsere Bestimmung definiert werden oder sich für immer auflösen sollte. Also bleibt mir nur noch, Ihnen zu erzählen, was auf der *Alción* und in den Gefühlen ihrer Besitzer geschah, jedes Mal wenn Ihnen das alte, heruntergekommene Schiff erschien, wo Sie es am wenigsten erwarteten. Sie sind der einzige Zeuge, der die Ereignisse zu kennen verdient und zu kennen hat. In einem gewissen Sinn, den wir nie werden erhellen können, sind auch Sie ein Protagonist von höchster Wichtigkeit.«

Dann erklärte mir Iturri einige Einzelheiten der in Hamburg ausgeführten Reparaturen und der Eintragung des Schiffs durch das dortige Konsulat von Honduras. Die italienische Lizenz war abgelaufen und konnte nicht erneuert werden. Als der Tramp Steamer in Helsinki ankam, hatte der Winter mit der Strenge Einzug gehalten, die ich schon bei der Schilderung meiner ersten Begegnung mit dem Schiff erwähnte. Warda erfüllte ihr Versprechen aufs Wort. Als das Schiff anlegte, stieg sie zusammen mit den Beamten der Hafenbehörden das Fallreep hinauf. Mit einem Händedruck begrüßte sie den Kapitän und suchte dann in seiner Kajüte Zuflucht, während die Beamten auf der Kommandobrücke die Schiffspapiere überprüften. Nachdem die Eindringlinge verschwunden waren, ging Jon in seine Kajüte. Warda lag in der Koje und schaute feierlich zur Decke empor. Ein Lächeln zuckte ihr über die Lippen, als sie das Gesicht des Basken sah.

Die Kajüte war voll geheizt und roch nach dieser Mischung aus Zahnpasta, After-Shave-Lotion und Lederartikeln, die für bestimmte ausschließlich männliche Bereiche, wo eine militärische Ordnung herrscht, typisch ist. »Komm, gib mir einen Kuss und mach nicht so ein Gesicht. Ich werde hier bleiben, solange das Schiff in Helsinki ist. Ich nehme an, du hast nichts dagegen, oder? Dieser Aberglaube von Frauen auf den Schiffen und ähnlicher Unsinn.« Iturri sagte, er habe keinen Einwand dieser Art, und es sei alltäglich, dass auf den Tramp Steamers der Kapitän mit seiner Frau reise oder mit einer Freundin, die als solche auftrete. Was ihn beschäftigte, waren die offensichtliche Unbequemlichkeit hier, der Raummangel und das Fehlen gewisser zum Unterbringen einer Frau unentbehrlicher Dinge. Mehr als das beunruhigte ihn aber vor allem, dass sie der *Alción* vor einem dieser luxuriösen Hotels in Helsinki den Vorzug gab, die im Ruf standen, die komfortabelsten ganz Nordeuropas zu sein. Sie könnten doch beide in einem von ihnen wohnen statt in dieser tristen, spartanisch eingerichteten Kajüte. Warda erklärte ihm, sie habe diesen Entschluss aus mehreren Gründen gefasst: »Erstens ertrage ich die Nordländer nicht. Sie haben etwas von diesen Modepuppen mit menschlichen Zügen, und das versetzt mich in Panik. Sie verstehen nicht zu trinken, zu essen, und sie lieben, soweit es mir von einer flüchtigen Beziehung her noch in Erinnerung ist, mit der ganzen protestantischen Schuld im Innern. Stell dir vor, was das für jemand bedeutet, der in Beirut geboren wurde.« Außerdem hatte sie sich die Grille in den Kopf gesetzt, mit ihm auf dem Schiff zusammenzuleben und ihm zuzusehen, wie er beim Löschen und Laden mitarbeitete. Das war ein Jon, den sie nicht kannte. »Ich habe die nötigen Kleider bei mir, mach dir keine Sorge. Es kommt auf eins heraus«, kam sie einem möglichen Einwand Jons zuvor. Und schließlich freute sie sich sehr darauf, zusammen die Bars und kleinen Restaurants im Hafen zu besuchen, die bestimmt eine viel gemütlichere und entspanntere Atmosphäre hatten als die in den Hotels, die sie an in die Arktis versetzte kalifornische Beerdigungsinstitute erinnerten. Schon seit einer Weile war Iturri von der Idee begeistert und sagte es Warda. Sie würden am Flughafen ihr Gepäck abholen und sich dann auf dem Schiff einrichten.

Die Tage in Helsinki waren voller Optimismus und bestätigten die Lissabonner Erfahrung, die diese Fülle gehabt hatte, welche den Gedanken nahe legt, es handle sich um etwas Unwiederholbares.

Sich in der schmalen Koje zu lieben und zusammen in ihr zu schlafen, erforderte allerhand Akrobatik, die sie nicht aus dem Lachen herauskommen ließ. Dank der festen, ganz klaren Abmachung, sie nicht mit Folgen für die Zukunft zu belasten noch zu versuchen, sie auf eine dauerhafte Verpflichtung hinzuführen, wurde ihre Beziehung enger. »Solange das anhält, wird es so sein wie jetzt. Anders wird es nicht sein können, das wissen wir beide ganz genau. Wichtig ist es, die Situation nicht verändern zu wollen und nicht zuzulassen, dass andere es versuchen könnten. Das hängt ganz von uns ab, und nun lass uns nicht mehr darüber sprechen, denn es ist nicht nur langweilig, sondern auch unnütz.« So lautete Wardas Definition, während die beiden, mit einiger Skepsis, versuchten, ein in Tundrakräutern zubereitetes Rentierfilet zu verzehren, begossen mit eisgekühltem, mit Pfeffer und Ingwer gewürztem finnischem Wodka. Sie hatten sich in das kleine Hafenrestaurant mit dem gekachelten Kamin inmitten des winzigen Gastraums verliebt; die sechs Tische wurden von zwei sehr heiteren Frauen im reifen Alter bedient, die nur finnisch sprachen. Daher hatten sie in der Zusammenstellung des Menüs eine unumschränkte Gewalt. Als Jon Warda ein Gläschen dieses von der Kälte dickflüssig wie Öl gewordenen Wodkas nach dem andern trinken sah, erinnerte er sie daran, wie sie an dem Tag, an dem sie sich kennen gelernt hatten, in der Hotelbar auf Alkoholisches verzichtet hatte, genau wie ihr Bruder Abdul. »Hier liegt der ganze Schlüssel zu meinem Problem und, ganz allgemein, zu dem vieler Moslems: eine oberflächliche Unterwerfung unter Gebote, mit denen wir zu feilschen pflegen, und das Vergessen bestimmter grundlegender Wahrheiten.« Er sagte, nun sehe er sie ohne jede Zurückhaltung Alkohol trinken. Sie entgegnete etwas, woran sich Jon später wie an eine erste, nicht weiter beachtete Ankündigung erinnern sollte: »Ja, jetzt trinke ich Wodka und schlafe mit einem Christen, aber mit jedem Tag wird mir Europa fremder und uninteressanter, dafür verstehe ich meine Brüder immer besser, die nach Mekka reisen, ohne lesen und schreiben zu können und ohne den Wein zu kennen, und die sich klaglos in die Strafe der Wüste schicken.«

Auf Helsinki folgten weitere Begegnungen — in Le Havre, Madeira, Veracruz und Vancouver. Warda hatte es sich zur Gewohnheit gemacht, in den Zeiten seiner Hafenaufenthalte mit ihm in der Kajüte zusammenzuleben. Fast nie besichtigten sie die Stadt, und ihr Leben pflegte, genau wie in

Helsinki, in den Hafenrestaurants und -bars stattzufinden. Wardas Auftritt in diesen Lokalen war ein Schauspiel, das immer gleich ablief. Kaum erschien sie in der Tür, wandten sich sämtliche Gäste um und betrachteten sie in fast andächtigem Schweigen. Hierauf folgte eine Welle von Getuschel, die allmählich verebbte, je mehr sich das Paar in sein Gespräch vertiefte, ohne die Anwesenden zu beachten. Dann drehten nur noch einige wenige, die der Anziehung einer solchen Schönheit nicht widerstehen konnten, ab und zu diskret den Kopf nach Warda um. Was Jon amüsierte, war ihre immer gleiche Art, auf diese Aufmerksamkeit der Leute zu reagieren. Mit leichtem Erröten vertiefte sie sich noch mehr ins Gespräch mit ihrem Freund, als wollte sie fremder Neugier entgehen. Nie bemerkte er an ihrem Blick oder Ausdruck das geringste Anzeichen dafür, dass sie sich der viel sagenden Blendung, die sie bewirkte, bewusst gewesen wäre oder mit ihr hätte umgehen können. Es war, als ereignete sich das in einer andern Dimension der Welt, in der sie sich vollkommen fremd fühlte.

Die Beziehung der beiden Liebenden nahm innerhalb der Regeln ihren Fortgang, die sie am ersten Tag aufgestellt hatten, als sie in Lissabon miteinander ins Bett gingen. Sie hatten bestimmte humoristische Mittel, bestimmte Wort- und Zärtlichkeitsschlüssel gefunden, die sie immer simultan anwandten und die ihnen dazu dienten, die geringste Anspielung auf eine Verpflichtung in der Zukunft zu verscheuchen. Das Weiteste, worauf sie sich in dieser Hinsicht hinauswagten, war, den Hafen der nächsten Begegnung zu bestimmen. So verbrachten sie ein langes Jahr, bis Iturri nach Punta Arenas kam.

Er hatte vereinbart, sich dort mit Warda zu treffen, denn sie wollte ihn auf einer Fahrt durch die Karibik begleiten, die sich dank einiger alter Bekannten von ihm auf den Inseln ergeben hatte. Es waren kurze, sehr gut bezahlte Strecken mit einer problemlosen Fracht. Als er an den Molen des costa-ricanischen Hafens anlegte, sah er sich statt Warda Abdul Bashur gegenüber, der ihn an einen Poller gelehnt erwartete. »Eigentlich«, sagte Jon, »überraschte es mich nicht sehr, dass Wardas Bruder da war, so unerwartet das an diesem von seinen üblichen Geschäften so weit entfernten Ort auch scheinen mochte. Ich kannte die Levantiner gut genug, um zu wissen, dass sie früher oder später etwas über den Lebenswandel ihrer jüngeren Schwester würden erfahren wollen. Das ist wie ein Stammesgrundsatz, dem sich nicht einmal die europäisiertesten von ihnen entziehen können. Abduls Benehmen war zurückhaltend, aber herzlich. Er kam aufs Schiff, ging mit mir durch die Ladeluken und den Maschinenraum und zeigte sich grundsätzlich sehr zufrieden über die *Alción*. Als er eine Bemerkung über den wirklich elenden Anstrich des Schiffs machte, erklärte ich ihm, wenn ich es zum Streichen in irgendeine Werft brächte, würde das seine kommerzielle Nutzung für mindestens einen Monat lahm legen, und wenn ich die Besatzung dazu bestimmte, es während der Fahrten zu streichen, müsste ich gezwungenermaßen mehr Leute einstellen. In beiden Fällen würde die wirtschaftliche Leistung empfindlich zurückgehen, und unter diesen Umständen könnte der von der andern Schiffseignerin als zwingend festgesetzte Anteil nicht gedeckt werden. So hatte ich es bereits Warda erklärt, und sie hatte keine Bemerkung dazu gemacht. Bashur schaute mich halb neugierig, halb belustigt an. Dann lud er mich ein, mit ihm nach San José hinaufzufahren, während das Schiff geladen würde. Er hatte mit zwei Kunden, Kaffeeröstern, einige Geschäfte zu erledigen. Wir würden in der Stadt zu Mittag essen, und nachmittags führe ich nach Punta Arenas zurück. Am Abend noch wollte er von San José nach Madrid fliegen. Ich gab dem Obermaat einige Anweisungen und machte mich mit Bashur auf den Weg zur Hauptstadt. Ganz offensichtlich wollte er mit mir über meine Beziehung zu seiner Schwester sprechen und hatte diese Autofahrt als Vorwand dazu genommen. Tatsächlich lenkte er beim Steuern eines auf dem Flughafen gemieteten Autos das Gespräch sehr behutsam, ja mit einem Takt, für den ich ihm dankbar war, allmählich auf das ihn interessierende Thema. Bevor er weitersprach, gab ich ihm mit ziemlich brutaler, aber für mich notwendiger Offenheit zu verstehen, dass weder Warda noch ich an etwas anderes dächten, als unsere Beziehung auf dem Stand und in den Schranken zu halten, in denen sie sich jetzt befinde. Das hätten wir in aller Deutlichkeit festgelegt. Jeder von beiden sei frei, eine beliebige Entscheidung zu treffen, und es gebe weder Anlass zum geringsten Einspruch noch zu irgendwelchen dunklen Andeutungen. Das schien Bashur angenehm zu sein, der dann einige Erklärungen dazu abgab, wie seine Leute diese Probleme und den Versuch weiblicher Emanzipation im Nahen Osten sähen. Nichts, was ich nicht schon gewusst hätte, aber ich hörte ihm aufmerksam zu, da ich es als Wunsch verstand, sich für seine Einmischung in unsere Angelegenheiten zu entschuldigen. Dann wies er auf Wardas sehr eigenwilligen Charakter hin. Bis vor Kurzem sei sie die Unterwürfigste der Schwestern gewesen, diejenige, die am wenigsten Interesse dafür zeigte, zu erfahren, was das Abendland zu bieten hatte. Da sie aber gleichzeitig die Verschlossenste, Fantasievollste und Sensibelste der drei war, empfand Abdul ihren Wunsch, die europäische Erfahrung zu machen, als natürlich und vernünftig. Er dachte, wie er mir als Zeichen seines Vertrauens sagte, Warda würde in den Libanon zurückkehren und schließlich die Moslemischste der ganzen Familie werden. Und nun sprach er den Satz aus, der sich zutiefst auf unser – Wardas und mein – Schicksal auswirken sollte: ›Die Beziehung mit Ihnen wird so lange dauern wie die *Alción*.‹ Darauf antwortete ich nichts, aber eine leichte Panik lief mir über den Körper. Ich wusste, Bashur hatte Recht – ich wusste es seit dem ersten Moment, als ich merkte, dass ich für seine Schwester nicht mehr nur ein Geschäftspartner war. Dieses unanfechtbare Urteil schwebte schon lange über unserem Kopf. Nach einem ausgedehnten Schweigen fiel mir nur die Bemerkung ein: ›Ja, vielleicht haben Sie Recht. Aber es trifft auch zu, dass das in der absoluten Gegenwart, die wir uns für unsere Beziehung auferlegt haben, nichts weiter besagt.‹ Bashur zuckte leicht die Schultern, und wir wechselten das Thema.

Ich begleitete ihn bei seinen Geschäften in San José, und dann aßen wir im ›Rías Bajas‹ zu Mittag, einem Restaurant mit angenehmer Atmosphäre und sehr schöner Aussicht auf das Tal, in dem die Stadt liegt. Die Speisekarte versuchte – nicht durchweg erfolgreich –, die Geheimnisse der galicischen Gerichte wiederaufleben zu lassen. Ich fuhr mit Bashur zum Flughafen, wo wir uns verabschiedeten. Während er mir die Hand drückte, legte er mir die andere auf die Schulter und sagte mit aufrichtiger Herzlichkeit: ›Pflegen Sie das Schiff, als wärs Ihr Schutzengel. Viel Glück, Kapitän.‹

Als Iturri nach Punta Arenas zurückkam, hatte sich Warda schon in der Kajüte eingerichtet. Sie war kurz nach Abdul eingetroffen. Aus der Ferne hatte sie die beiden auf der Kommandobrücke gesehen und ihr Gehen abgewartet, ehe sie an Bord stieg. ›Ich vermutete schon, dass er kommen würde. Deshalb wollte ich euch lieber allein lassen. Abdul hat viel von einem fahrenden Ritter. Wir haben uns immer sehr gemocht. Bei seinen Geschäften kann er unerbittlich sein, aber als Freund ist er vorbildlich. Er hat etwas von einem moslemischen Heiligen. Der Gaviero, der seit einigen Jahren mit ihm und der Triesterin zusammen ist, behauptet, wenn Abdul einmal nach Mekka geht, wird man ihn dort gleich festhalten, um ihn zu Lebzeiten heilig zu sprechen.‹ Am nächsten Tag liefen sie nach Panama aus, um in die Karibik einzufahren. Jon erzählte mir, als sie von Punta Arenas ausgelaufen seien, habe ihm Warda gesagt, von einer Jacht, die bei der Hafenausfahrt an ihnen vorbeigekreuzt sei, habe ihnen eine umwerfende Frau im knappsten je gesehenen Bikini auf Spanisch etwas zugerufen. Jon war froh, dass seine Freundin diese Sprache nicht gut verstand. Das Erste, was er nach seiner Rückkehr von San José getan hatte, war, ihr Bashurs Urteil über das mit dem Tramp Steamer verknüpfte Schicksal ihrer Liebesbeziehung weiterzuerzählen. Hätte Warda, die nicht abergläubisch, aber fatalistisch war, die Zweifel der Frau im Bikini, ob das Schiff heil nach Panama käme, verstanden, so hätte sie diese Worte mit denen ihres Bruders in Verbindung gebracht und sie als unheilvolle Bestätigung davon aufgefasst. »Zum Glück«, sagte er, »knüpft das Schicksal normalerweise keine so engen Maschen und ist barmherziger, als wir wahrhaben wollen.«

Die Karibikfahrt war für Warda die Offenbarung einer Welt voller Verwandtschaften und eindrücklicher Übereinstimmungen, die ihre orientalische Empfindsamkeit anregten. »Hier muss Sindbad durchgekommen sein«, rief sie, berauscht vom Klima der Inseln, von der üppigen, immer blühenden Vegetation und der Rassenvermischung der Bewohner, die so ähnlich war wie in der Levante. Über sechs Monate lang lernten sie die Antillen und Hafenstädte des Festlandes kennen. Parallel zu Wardas Begeisterung wurden zwei Begleiterscheinungen sichtbar: Die Konstruktion des Tramp Steamer wurde schwächer und zeigte schließlich deutliche Zeichen der Ermüdung, und Wardas Gemüt begann ein Heimweh nach ihrem Land und ihren Leuten zu quälen, das zunahm, je vertrauter sie mit den Reizen der Karibik wurde. Die beiden Erscheinungen gaben sich auf unterschwellige Art zu erkennen. Ihre Gefühle zu verstecken, entsprach Wardas Charakter nicht. Als sie endlich merkte, dass sich in ihr etwas veränderte und dass die Bilder, Erinnerungen und Sehnsüchte nach dem Nahen Osten nicht mehr nur in ihren Träumen auftauchten, sondern auch im Wachzustand, sprach sie sogleich mit Jon darüber. Dieser hatte schon seit einiger Zeit gewisse vage Symptome festgestellt und nahm das Geständnis seiner Freundin mit Fatalismus auf. Als sie in Kingston eintrafen, wo ihre Karibikfahrt zu Ende ging, führten sie ein langes Gespräch. Iturri fasste Wardas Worte so zusammen: »Ich glaube, der

Moment ist gekommen, wo ich in mein Land zurückkehren und meine Leute wiedersehen muss. Ich gehe ohne bestimmte Absicht, ohne Plan. Es ist etwas, was meine Haut von mir verlangt, so einfach ist das. In mehreren Phasen bin ich zu verschiedenen Schlussfolgerungen gelangt: Ich will nicht Europäerin sein, ja ich könnte es niemals sein; das Wanderleben, wie wir es in diesen Monaten und etwas weniger intensiv auch zuvor geführt haben, erlebe ich als etwas, was mich von innen her aufzehrt, was bestimmte geheime Strömungen zerstört, die mich tragen und die mit meinen Leuten und meinem Land zu tun haben; du bist der Mann, von dem ich immer dachte, ich könnte mit ihm leben, du hast die Eigenschaften, die ich am meisten bewundere, aber du hast im Leben schon viel hinter dich gebracht, und nichts kann dich mehr ändern.« Jon konnte der Versuchung nicht widerstehen, ihr die Frage zu stellen, die unwiderruflich kommt, seit es Liebende gibt: »Aber heißt das, dass wir uns nicht mehr sehen werden?« Sogleich antwortete Warda mit so spontaner, aufrichtiger Bestürzung, dass Iturri einen Kloß im Halse spürte: »Nein, um Gottes willen! Darum geht es nicht. Jetzt würde ich nicht einmal den Gedanken ertragen, uns nicht mehr zu sehen. Ich muss die Füße auf festen Boden setzen, aber ich nehme dich mit. Du verstehst mich, das weißt du so gut wie ich. Ich mag nicht darüber sprechen.«

Und hier verfiel Jon wieder in endloses Schweigen. Offensichtlich bereitete es ihm Mühe, auf den Abschied in Jamaika zu sprechen zu kommen. Beim Erzählen dieser Episode war er so wortkarg, dass es nicht ganz einfach ist, sie niederzuschreiben. Ich glaube, ein Satz, zwischen unbeholfenen Erklärungen und immer wieder heraufbeschworenen Details gesagt, spiegelt seine Gefühle sehr genau wider: »Dieses fast zerfallene Schiff mit seiner Schlagseite, das Sie an der Mole in Kingston sahen, ist das beste Bild dafür, wie sich sein Kapitän fühlte. Keinem von beiden war zu helfen. Die Zeit kassierte ihre Rechnung. Die Tage des Weins und der Rosen waren für beide vorbei.« Warda verabschiedete sich von Jon auf dem Flughafen von Kingston. Sie nahm eine Maschine nach London und wollte von dort nach Beirut weiterfliegen. Das Letzte, was sie ihm sagte, während sie sein Gesicht zwischen die Hände nahm und ihn fest wie eine Sibylle anschaute, war: »In Recife wirst du von mir hören. Lass mich mein Inneres in Ordnung bringen, und dann sehen wir uns wieder.« Mit zerrissenem Herzen ging Jon zum Frachter zurück, aber auch mit der Schicksalsergebenheit, die stoisch, ja wie eine iberische Fügung in die Beschlüsse der Götter war.

Zu seinen Plänen gehörte der Versuch, in den Werften von New Orleans das Schiff reparieren zu lassen, und sei es nur provisorisch. Dann würde er La Guaira anlaufen, um Erdölbohrmaschinen für Ciudad Bolívar zu laden, und anschließend mit Holz nach Recife fahren. Der Befund der Schiffswerkstätten in New Orleans war ziemlich niederschmetternd. Die Generalüberholung der Rumpfkonstruktion und der Ladeluken war unerschwinglich, und angesichts des übrigen Zustandes des Schiffs konnten die Ingenieure nicht voll für sie garantieren. Der Anstrich der Außenflächen der *Alción* war teurer als der Schiffswert in den Papieren. Die kurz zuvor erfolgte Regulierung der Maschinen gab dem Schiff eine Überlebensspanne, die die Techniker nicht präzisieren mochten. Jon musste sich damit abfinden, die Ladekapazität auf die Hälfte zu reduzieren, um die Bord- und Ladelukenwände nicht zu überlasten. Als er nach La Guaira kam, konnte er deshalb nur einen Teil der Fracht annehmen, die ihn auf den Molen erwartete.

Der Schlepper hatte die Sumpfgegend hinter sich gelassen und mündete in den letzten Abschnitt des Flusses vor dem Hafen. Dieses Stück war ausgebaggert und wurde von der Kolonie aus unterhalten, um den überaus regen Verkehr zwischen mehreren Städten an der Karibikküste zu ermöglichen; sie waren durch einen Kanal miteinander verbunden, der von einer Flusskrümmung nach Villa Colonial führte, das sich wegen seines Widerstands gegen die Pirateninvasionen des 17. und 18. Jahrhunderts einer heldenhaften Vergangenheit rühmen konnte. Die Fahrt durch die ausgedehnten Sumpfgegenden ist von bedrückender Monotonie. Ich muss gestehen, dass ich sie diesmal nicht einmal wahrgenommen hatte. Die Geschichte von Kapitän Jon Iturri hatte meine ganze Aufmerksamkeit beansprucht, und da wir die Nächte auf Deck dazu benutzten, um unser Gespräch fortzusetzen, verloren wir den Tag fast ganz, weil wir in unseren Kajüten schliefen, bei eingestellter Klimaanlage, die uns diese künstliche Leichenschauhauskühle brachte, welche in solchen Zonen zweifellos Linderung verschafft. Der letzte Abschnitt des Flusses war den beiden Ufern entlang mit Mauern aus festzementierten Steinen befestigt und vermittelte den Eindruck, in einen dieser Kanäle einzufahren, wie sie in Belgien und Holland das Land in allen Richtungen durchqueren. Bis zur Ankunft im Hafen blieben uns noch zwei Tage auf dem Schiff. In der vorletzten Nacht schlug mir Iturri vor, wie gewohnt wach zu bleiben. Seine Geschichte näherte sich dem Ende, das ich, ohne es zu wissen, teilweise als Zeuge miterlebt hatte. Um neun Uhr abends richteten wir uns auf Deck ein. Die Jamaikanerinnen brachten einen großen Krug mit ›vodka-amb-pera‹-Mischung, in der Eisstücke schwammen, um sie kalt zu halten. Jon begann seine Erzählung mit unpersönlicher, belegter Stimme, die eine gewisse Zurückhaltung und Mühe erkennen ließ – was umso verständlicher wurde, je mehr sich die Geschichte ihrem Ende näherte. »Sie kennen ja die Orinoko-Mündung. Ein höllisches Labyrinth, in einem der anstrengendsten Klimas, die ich kenne. Zudem war die Gegend damals ziemlich verlassen, und der Mangel an Ressourcen wurde alarmierend. Ich war noch nie dort gewesen. Hingegen schienen der algerische Obermaat und der Steuermann mit der Gegend vertraut. Letzterer kam aus Araba und war mehrmals den Fluss bis Ciudad Bolívar hinaufgefahren, wo wir die Maschinenteile löschen wollten. Angesichts der Schwierigkeiten, die die Seekarte im Detail ankündigte, zeigte er sich nicht weiter besorgt. ›Nur vor dem plötzlichen Anschwellen des Flusses in der Regenzeit muss man sich fürchten‹, erklärte er. ›Dann strömt er mit großen Bänken aus Schlamm, Wurzeln und Baumstämmen herunter, die innerhalb von Minuten die Durchfahrt versperren können. Aber derartiges Hochwasser kündigt jeweils das Hafenradio von Ciudad Bolívar aus an. Wir werden vorsichtig sein. Machen Sie sich keine Sorgen.‹ Genau in diesem Moment begann ich mir Sorgen zu machen. Ich weiß sehr genau, was in diesen Ländern der Satz ›Machen Sie sich keine Sorgen‹ bedeutet. Nämlich: ›Wenn uns etwas zustößt, kann man nichts dagegen tun, also lohnt es sich nicht, sich Sorgen zu machen.‹ Am späten Abend kamen wir vor San José de Amacuro an, und ich beschloss, in der kleinen Bucht zu ankern, um am frühen Morgen bei Tageslicht ins Delta einzufahren. Es regnete die ganze Nacht. Der Steuermann beruhigte uns mit der Erklärung, das heiße noch nicht, dass es auch im Landesinnern regne, wo der Orinoko das Hochwasser von seinen Nebenflüssen aufnahm. Um fünf Uhr morgens begannen wir durch denjenigen Arm ins Delta einzufahren, den die Karte als den fahrbarsten angab. Dort kreuzten wir die *Anzoátegui*. Es goss noch immer in Strömen. Wir hatten unser Radio auf den Hafensender eingestellt, der tatsächlich in regelmäßigen Abständen Meldungen über die Wetterlage in diesem Gebiet ausstrahlte. Um halb neun Uhr morgens kündigte er ein erstes, für die einfahrenden Schiffe völlig risikoloses Hochwasser an – es hatte sich in einen Arm ergossen, der weite Mangrovensümpfe speiste. Wenige Minuten später meldete sich der Sender wieder. Weit hinten am Horizont, über dem Ort, wo wir die Stadt vermuteten, wuchs ein Kumulonimbus mit seiner bekannten Ambosssilhouette heran, von dem beinahe pausenlos Blitze ausgingen. Langsam fuhren wir durch den engen, teilweise mit Bojen markierten Kanal weiter. Plötzlich begann das Schiff zu vibrieren, zunächst kaum wahrnehmbar, dann stärker, bis die Rumpfspanten knirschten und einen ohrenbetäubenden Lärm verursachten. Der Steuermann sagte, es handle sich um ein Anschwellen des Flusses, das jedoch, so wie das Wasser fließe, keine Schlammbänke mitzuführen scheine. Der Obermaat war weniger zuversichtlich und befahl der Mannschaft, bestimmte Vorsichtsmaßnahmen zu treffen und die Rettungsboote bereitzuhalten. Plötzlich prallte das Schiff an etwas auf dem Grund und drehte sich ruckartig, bis es quer liegen blieb und der ganzen Gewalt der Strömung standhalten musste. Ich befahl, die Maschinen auf volle Kraft laufen zu lassen, um es wieder gerade zu richten, und als wir schon fast so weit waren, gab uns ein heftiger Stoß eine solche Schlagseite, dass die Schrauben hilflos im Leeren drehten. Ich ließ die Maschinen stoppen, und alle kamen an Deck. Das Schiff leckte rasch. Es hatte in der Mitte einen tiefen Riss und saß auf einer großen, zusehends anwachsenden Schlamm- und Pflanzenbank fest. Eins der Rettungsboote war unter dem Schiff zermalmt worden. Wir richteten uns so gut es ging im Einzigen ein, das uns noch blieb, und die Strömung trug uns in einem Schlammwirbel davon. Zum Glück staute dieselbe Bank, gegen die die *Alción* geprallt war, das Wasser. Eine halbe Meile weiter gelang es uns, das Boot unter Kontrolle zu bekommen. Vor unseren Augen barst der von der Strömung heftig durchgeschüttelte Tramp Steamer auseinander. Es war, als würde ein prähistorisches Tier von einem übermächtigen, gefräßigen Feind in Fetzen gerissen. Schließlich trieben die beiden Teile in entgegengesetzter Richtung dem Ufer zu und verschwanden plötzlich je in einem Kanal, wie sie sich in Ufernähe bilden, wenn das Wasser den weichen Flussgrund aufwirbelt und aushöhlt. Um sechs Uhr abends kamen wir in Curiapo an. Die Behörden brachten uns im Militärposten unter und erlaubten mir, in Caracas anzurufen, um mit den Versicherern in Verbindung zu treten und erste Vorkehrungen zur Heimschaffung der Mannschaft zu treffen. So endete der Tramp Steamer, der noch immer in Ihren Träumen erscheint ... und in meinen.«

Eine Weile schwieg ich. Ich dachte, wie Recht Iturri doch gehabt hatte, als er sagte, ich sei Zeuge der entscheidensten Momente in der Geschichte der *Alción* und ihres Kapitäns gewesen. So sehr, dass ich sie noch wenige Stunden vor ihrem Schiffbruch gesehen hatte, als wir auf dem Küstenwachschiff der venezolanischen Flotte die Erlaubnis abwarteten, in See zu stechen. Diese Nacht mochte ich ihn nichts mehr fragen. Es blieb uns ja noch die nächste, bevor wir unser Ziel erreichten. Andererseits konnte ich mir unschwer ausmalen, wie für ihn alles geendet hatte. Nicht um meine Neugier zu befriedigen, sondern eher um ihm die Chance zu geben, die Geister auszutreiben, die seine introvertierte Baskenseele quälen mussten, verpflichtete ich ihn, mir in der folgenden Nacht das Ende seiner Geschichte zu erzählen. »Geschichten haben kein Ende, mein Freund«, antwortete er. »Diejenige, die mir widerfahren ist, wird enden, wenn auch ich ende, und wer weiß, ob ich dann nicht in andern Wesen weiterlebe. Morgen werden wir unser Gespräch fortsetzen. Sie waren ein sehr geduldiger Zuhörer. Ich weiß, dass jeder von uns beiden seinen Anteil Hölle auf Erden mitschleppt, und deshalb verpflichtet mich Ihre Aufmerksamkeit zu Dank, wie ein Großvater von mir zu sagen pflegte, der in Saint-Jean-de-Luz Lehrer war.« Als er an mir vorbeiging, um seine Kajüte aufzusuchen, sah ich auf seinen Zügen einen düsteren Schatten, der ihn älter aussehen ließ.

Als wir uns in der nächsten Nacht auf dem kleinen Deck trafen, sah man am Horizont schon die Helligkeit der Hafenbeleuchtung wie eine statische Feuersbrunst. Iturri ging gleich in medias res. Ich hatte den Eindruck, er wollte seine Geschichte bald zu Ende bringen, indem er die Schilderung seines eigenen Unglücks nur gerade streifte. Genau wie früher vermied er auch diesmal jede Wendung, die man als Selbstmitleid hätte auffassen können. Darin lag aber nicht das geringste Quäntchen Stolz. Er tat es allein aus Scham, aus dem, was die Franzosen des 18. Jahrhunderts so schön ›Höflichkeit des Herzens‹ nannten.

»In Caracas zitierten mich die Versicherer zu sich, um die Police der *Alción* zu studieren und die Matrosen und Offiziere zu entschädigen. Von dort aus schickte ich Warda und Bashur auch je ein Telegramm, in dem ich sie vom Schiffbruch unterrichtete. Eine angemessene Zeit wartete ich auf ihre Antwort, die aber ausblieb. Dieses absolute Verstummen begann mir Sorgen zu machen. Inzwischen wurde der Gedanke, nach Recife zu fahren, allmählich zu einer Besessenheit, die mich keinen Moment mehr in Ruhe ließ. Es war nun noch dringlicher und notwendiger geworden. Wie immer Wardas Zukunftsentscheidung sein mochte, die Vorstellung, sie nicht wiederzusehen, war mir unerträglich. Der Abschied in Kingston konnte nicht endgültig gewesen sein. In meinem Geist häuften sich die Dinge, die ich ihr während unseres gemeinsamen Lebens nicht gesagt hatte. Damals schienen sie mir ohne große Bedeutung, fast unnötig; unsere Mienen, unsere erotische Beziehung, unsere gemeinsamen Sympathien und Phobien machten Worte überflüssig. Doch jetzt wurde deren Macht wieder spürbar, ihre lästige Beharrlichkeit. Sie waren die Glieder, die eine neue Verbindung herstellen oder, von andern Elementen ausgehend, die vorherige verlängern würden. Das

Ergebnis war, dass ich nach Beendigung der behördlichen Ermittlungen in Venezuela ein Flugzeug nach Recife nahm. Kennen Sie Recife?« Ich antwortete, ich sei zweimal dort gewesen und bewahrte eine unvergessliche Erinnerung an diese halb portugiesische, halb afrikanische Stadt, die für mich einen ganz eigenen Charme besitze. »Auch mich zog sie die ersten Male sehr an, als ich mit einem Tanker dort anlegte, der Chemikalien von Bremen brachte. Doch diesmal trugen gerade die Schönheit der Stadt, der Reiz ihrer Brücken, ihrer Plätze und Häuser, alles etwas ausgewaschen und beinahe am Einstürzen, dazu bei, mir die Tage dort noch unerträglicher zu machen, in denen ich auf Nachrichten von Warda wartete – Nachrichten, auf die ich um jeden Preis warten wollte. Sie hatte mir gesagt, wir würden uns dort sehen, aber in ihren Worten war stillschweigend miteingeschlossen, dass das davon abhänge, was bei ihrer Rückkehr in den Libanon geschehe. Als ich mir alle ihre Worte und Gesten wieder ins Gedächtnis rief, sie Punkt für Punkt rekonstruierte, erschien mir dieses Treffen in Recife als offensichtliche Illusion, als Trost, den sie sich ausgedacht hatte, um unserem Abschied in Kingston nicht die Dramatik eines endgültigen Lebewohls zu geben. Ich wusste nicht mehr recht, was ich von alldem halten sollte; was das Ergebnis meiner Einbildung war, die sich nur auf meine eigenen Träume stützte, und was wirklich geschah. Immer wieder suchte ich die Hotels auf, in denen Warda hätte abgestiegen sein können. So wurde ich für Barkeeper und Rezeptionsangestellte allmählich eine sonderbare, ja verdächtige Person. Wenn sie mich eintreten sahen, schüttelten sie mit einem Lächeln den Kopf, in dem sich immer deutlicher das Mitleid spiegelte, gemischt mit einem leichten Unwillen, wie ihn Verrückte und Geistesgestörte hervorrufen. Am Schluss hasste ich die Stadt und gab ihr an allem die Schuld. Die Hitze wurde unerträglich, und ich unterließ es, mir eine neue Arbeit zu suchen, die ich einigermaßen dringend benötigte, da meine Mittel langsam aufgebraucht waren. Die Versicherung würde erst in einem Jahr, nach einer minuziösen Untersuchung über den Schiffbruch des Tramp Steamer, ganz ausbezahlt werden.

Endlich sagte man mir auf dem Postamt, es sei etwas für mich da. Es war ein langer Brief meiner Freundin, den ich Ihnen nicht vorlesen werde. Es steht nichts drin, worüber Sie und ich nicht schon gesprochen hätten. Nur – ihn laut zu lesen, bei dem natürlichen Fluss ihrer Schreibweise, das wäre ein bisschen, als hörte man ihr direkt zu. Ich würde es nicht ertragen. Aber ich kann ihn ganz leicht resümieren. Warda beschreibt ihre Ankunft im Libanon und wie sie sich sogleich ins gesellschaftliche und familiäre Milieu eingegliedert habe. Ihre europäischen und andern Träume seien auf der Stelle verflogen und hätten jede Berechtigung und Beständigkeit verloren. Zurück geblieben seien die Gefühle, die sie an mich bänden. Diese seien unverändert, aber es gebe keine Grundlage, auf ihnen etwas aufzubauen, etwas zu erwarten, außer einer schmerzhaften Erfahrung, die aus unserer Beziehung ein Wirrwarr von unausgesprochenen Forderungen, von Schuldgefühlen und verkappten Frustrationen machen würde. Kurzum, das, was passiert, wenn man von einer Verzerrung der Wirklichkeit ausgeht und die eigenen Wünsche als unumstößliche Wahrheiten nimmt. Sie würde nicht nach Recife kommen und wolle mich auch anderswo nicht mehr sehen. Es schmerze sie schrecklich, dass der Schiffbruch des Tramp Steamer sie in ihrem Entschluss, auf dem Festland zu bleiben und sich den Gesetzen und Gepflogenheiten ihrer Leute zu fügen, gleichsam zuvorgekommen sei. Es könne den Anschein machen, als hätten sich Abduls Worte erfüllt. So sei es aber nicht, und ich möge das auch nicht glauben. Das Schiff, sie müsse es gestehen, sei in einem Zustand gewesen, in dem es jeden Moment hatte untergehen können. Es sei schon fast ein Wunder, dass es sich bei der Erfüllung einer seine Kräfte so übersteigenden Aufgabe so lange habe halten können. Dann folgten einige Betrachtungen zu meiner Person und den Tugenden und Eigenschaften, die Warda in ihr sah und die sie in der Erinnerung an die gemeinsam verbrachten schönen Tage und in der wehmütigen Gewissheit, dass wir uns nie wieder treffen würden, offensichtlich verklärte. Ich bin nie ein Mann gewesen, der bei Frauen viel Erfolg hatte. Vermutlich langweile ich Sie ein wenig. Was sie in mir sah, ist vielleicht eine gewisse Ordnung, eine Distanz, die ich einschalte, um mich vor den Menschen und ihren Albernheiten zu schützen, und die für Warda überaus nützlich gewesen waren, damit sie ihre europäisierenden Fantasien verscheuchen konnte. Ich lehrte sie, dass die Menschen auf der ganzen Welt gleich sind und von denselben niedrigen Leidenschaften und gemeinen Interessen angetrieben werden – überall in gleicher Weise oberflächlich und ähnlich. Bei dieser wohl begründeten Überzeugung war ihre Rückkehr in ihre Welt leicht vorherzusagen und bewies eine Reife, wie sie bei einer Frau unserer Tage sehr selten ist.

In Recife willigte ich ein, ein Tankschiff nach Belfast zur Reparatur zu bringen, und so kehrte ich zu meinem Leben vor der Begegnung mit Bashur und dem Gaviero in Antwerpen zurück. Doch Warda hatte so sehr von meinem Leben und den geheimsten Fasern meines Körpers Besitz ergriffen, dass ihre Abwesenheit eine Leere in mir zurückließ, die durch nichts mehr zu füllen sein wird. Ich sagte es Ihnen schon zu Beginn: Ich übe die Funktionen fürs Weiterleben wie ein Automat aus, lasse die Dinge geschehen, wie sie kommen, ohne in der Unordnung, die sie oft mit sich bringen, um uns zu täuschen, Trost oder Erleichterung zu suchen. Es ist mir auch bewusst, dass die Geschichte, die ich Ihnen erzählt habe, recht abgedroschen und einfach klingen mag, wie ich Ihnen schon eingangs zu verstehen gab. Hätten Sie Warda gesehen, und wäre es nur für einen Augenblick gewesen, hätten Sie ihre Stimme gehört, so würden Sie erkennen, dass alles einen ganz anderen Sinn hat. Es war etwas von einer unfassbaren Vision an ihr, was sich mit Worten nicht ausdrücken lässt, und nur wenn man sie kennte, ließe sich das maßlose Glück beschreiben, das es bedeutete, bei ihr zu sein, und die unerhörte Qual, sie zu verlieren.«

Mehr als eine Stunde schwiegen wir, wie es uns

schon zur Gewohnheit geworden war. Plötzlich stand Iturri von seinem Stuhl auf und sagte mit einem langen, warmen Händedruck, der Worte ersetzen sollte, die ihn seine Zurückhaltung auszusprechen hinderte: »Ich weiß nicht, ob wir uns morgen noch sehen werden. Ich muss sehr zeitig an Land und auf die Molen, um an Bord des belgischen Frachters zu gehen, der mich nach Aden bringen wird. Es war mir ein großes Vergnügen, Sie kennen gelernt zu haben und zu wissen, dass uns Ihre Sympathie für den armen Tramp Steamer, der Ihnen in Helsinki erschien, für immer verbinden wird. Gute Nacht.« Ich antwortete mit ein paar zusammenhanglosen Sätzen. Die geballte Emotion seines Abschieds, die er sogleich auf mich übertrug, erlaubte mir nicht, ihm zu sagen, was es mir bedeutet hatte, die andere Seite der Geschichte der *Alción* und ihres Kapitäns zu erfahren. Als ich schlafen ging, wurde es bereits hell. Erst gegen Mittag würde mich der Firmenwagen abholen. Bevor ich in den dringend benötigten Schlaf fiel, konnte ich noch über die Geschichte meditieren, die ich mir angehört hatte. Die Menschen, dachte ich, verändern sich so wenig, bleiben so sehr sie selbst, dass es seit dem Anfang aller Zeiten nur eine einzige Liebesgeschichte gibt, die sich in Unendlichkeit wiederholt, ohne ihre schreckliche Einfachheit, ihr unvermeidliches Unglück zu verlieren. Ich schlief tief und träumte entgegen meiner Gewohnheit gar nichts.

Álvaro Mutis

Der kolumbianische Lyriker und Romancier Álvaro Mutis gehört zu den herausragendsten Schriftstellern Lateinamerikas. Er wurde 1923 in Bogotá geboren, verbrachte jedoch als Sohn eines Diplomaten einen Teil seiner Kindheit in Brüssel, wo er ein Jesuitenkolleg besuchte. Jedes Jahr reiste die Familie nach Kolumbien, um die Ferienwochen auf der Kaffeeplantage des Großvaters zuzubringen. Dazu Mutis: »Alles, was ich geschrieben habe, ist dazu bestimmt, diesen Winkel der *tierra caliente* zu feiern und zu verewigen. Der Stoff meiner Träume, meine Nostalgien, meine Ängste und meine Schätze entspringen diesem Ort. Es gibt keine Zeile in meinem Werk, die nicht versteckt oder explizit mit dieser grenzenlosen Welt – die für mich diese Ecke der Region Tolima in Kolumbien darstellt – verbunden ist.«

1956 ließ sich Mutis in Mexiko-Stadt nieder und arbeitete in den verschiedensten Berufen, meist in der Öffentlichkeitsarbeit für die Erdölindustrie und später auch für die Filmbranche. Sein erster Lyrikband war bereits 1948 in Bogotá erschienen: »Carlos Patiño und ich publizierten einen kleinen Band mit unseren Gedichten mit dem Titel *La Balanza* (Die Waage). Wir verteilten die Bände eigenhändig an unsere Buchhändlerfreunde am 8. April 1948. Am nächsten Tag war unsere Publikation aufgrund eines Feuers vergriffen. Am 9. kam es zum blutigen Massenaufstand, dem ›Bogotazo‹. Das Stadtzentrum wurde von wütenden Anhängern des Präsidentschaftskandidaten Jorge

Eliécer Gaitán in Flammen gesetzt, nach dessen Ermordung in der Hauptstadt.«

Weitere Gedichtbände folgten, die meist um Mutis' erzählerisches Alter Ego kreisen, um Maqroll den Gaviero, diesen philosophischen Abenteurer und belesenen Seefahrer mit Zügen von Don Quijote. Erst viele Jahre später entwickelten sich aus den Prosapoemen die bekannten Romane um Maqroll.

Mutis' Werk wurde mit vielen internationalen Preisen ausgezeichnet, darunter 2001 mit dem angesehensten Literaturpreis der spanischsprachigen Welt, dem Premio Cervantes, sowie 2002 mit dem Neustadt-Literaturpreis.

Álvaro Mutis starb 2013 in Mexiko-Stadt.

Álvaro Mutis im Unionsverlag

»Álvaro Mutis erinnert uns – wie jeder große Autor – daran, dass es in den wirklich bedeutenden Abenteuergeschichten um mehr geht als um aufregende Ereignisse, nämlich um eine Haltung zur Welt, ja um die Dramatik eines ganzen Lebens. Die sieben Maqroll-Romane sind einzigartig, fesselnd und von völlig eigener Poesie. Und ihr Autor ist ein skeptischer Existentialist, der formvollendet mit jenem Zauber zu spielen weiß, der vom Erzählen ausgeht.« Eberhard Falcke, *Deutschlandfunk*

Der Schnee des Admirals
In den Wasserläufen des Amazonasbeckens verliert sich Maqroll zwischen Tagträumen und Delirium.

Ilona kommt mit dem Regen
Gemeinsam mit der abenteuerlustigen Ilona eröffnet Maqroll ein Bordell in der Bucht von Panama.

Ein schönes Sterben
Immer tiefer gerät Maqroll in ein Komplott, aus dem er sich kaum mehr zu befreien vermag.

Die letzte Fahrt des Tramp Steamer
Eine Liebe, die andauert, solange der Tramp Steamer über die Meere vagabundiert.

Das Gold von Amirbar
Fernab des Wassers schürft Maqroll in der Goldmine von Amirbar nach seinem Glück.

Abdul Bashur und die Schiffe seiner Träume
Den rastlosen Abdul Bashur treibt die Sehnsucht nach dem Schiff seiner Träume um die halbe Welt.

Triptychon von Wasser und Land
Der Gaviero springt als Vater für einen verunglückten Freund ein. Das Kind eröffnet ihm eine neue Welt.

Mehr über Autor und Werk auf *www.unionsverlag.com*

Abenteuer erleben mit dem Unionsverlag

Fergus Fleming *Barrow's Boys*
1816 startete John Barrow, Zweiter Sekretär der Englischen Admiralität, ein Entdeckungsprogramm, das bis heute nur vergleichbar ist mit dem der NASA-Landung auf dem Mond. Um die weißen Flecken der Weltkarte zu füllen, dirigierte Barrow seine Offiziere in aberwitzigen Expeditionen an die Enden der kartierten Welt – mit desaströsen Folgen.

Robert Kroetsch *Klondike*
Angesteckt von der Nachricht von den ungeheuren Goldfunden am Klondike River brechen auch der vierzehnjährige Zack und seine Mutter Lou nach Alaska auf. Auf der Reise trotzen sie Schnee, Eis, wilden Flüssen und Menschen, die die Gier nach Gold in Bestien verwandelt hat. Doch erst in Dawson City begegnen sie der größten Gefahr von allen.

C. S. Forester *African Queen*
Als der Erste Weltkrieg auch in den Dschungel Afrikas vordringt, finden sich Charlie Allnut, ein Mechaniker aus Londons Unterschicht mit zweifelhaftem Ruf, und Rose Sayer, die gestrenge, unverheiratete Missionarin, in einer unverhofften Schicksalsgemeinschaft wieder. Die Flucht mit dem maroden Dampfboot African Queen verändert beider Leben von Grund auf.

Charles Sealsfield
Häuptling Tokeah und die Weiße Rose
Die amerikanischen Farmer rücken immer weiter vor. Noch kann sich die Siedlung der einst mächtigen Oconee-Indianer behaupten. Doch was ist das Geheimnis des hellhäutigen Mädchens Rose, das seit seiner Kindheit unter ihnen ist? Als ein britischer Seemann verwundet beim Dorf auftaucht, überstürzen sich die Ereignisse.

Mehr über alle Bücher und Autoren auf *www.unionsverlag.com*

Abenteuer erleben mit dem Unionsverlag

Björn Larsson *Der Keltische Ring*
An einem stürmischen Abend hilft Segler Ulf dem Finnen Pekka beim Anlegen im Hafen. Daraufhin übergibt er ihm sein Logbuch, welches von einem mysteriösen Bund handelt: dem »Keltischen Ring«. Ulf beschließt, die Route des Skippers nachzusegeln. Der waghalsige Törn entlang der schottischen Küste wird bald zur Lebensgefahr.

Juri Rytchëu *Traum im Polarnebel*
Nach einem Unfall wird der Kanadier MacLennan auf einem Hundeschlitten durch die eisige Tundra, im äußersten sibirischen Norden, zu einer rettenden Schamanin gebracht. Bei der Rückkehr zur Küste ist sein Schiff längst in See gestochen. Er muss als einziger Weißer unter dem Volk der Tschuktschen überwintern. Aus einem Winter wird ein ganzes Leben.

Gisbert Haefs *Radscha*
Indien in der zweiten Hälfte des 18. Jahrhunderts: eine Zeit mächtiger Fürsten und großer Kriegsherren, Schauplatz dramatischer Kämpfe und ein Land für Abenteurer aus aller Herren Länder. Ein irischer Bauernsohn steigt auf zum Radscha – und lernt die gefährliche Seite der Macht kennen.

Percival Everett *God's Country*
Jock Marder, Spieler, Trinker und Betrüger, will seine Frau zurück und den Tod seines Hundes rächen. Dafür braucht er die Hilfe des Fährtenlesers Bubba. Marders Problem: Bubba ist schwarz. Das passt ihm gar nicht, aber er hat keine andere Wahl. So beginnt ein Westernabenteuer quer durch den amerikanischen Süden des 19. Jahrhunderts.

Mehr über alle Bücher und Autoren auf *www.unionsverlag.com*

Abenteuer erleben mit dem Unionsverlag

ANDREAS KOLLENDER *Teori*
Johann Georg Forster ist siebzehn, als er mit James Cook am 13. Juli 1772 den Hafen von Plymouth in Richtung Tahiti verlässt. Für kurze Zeit wird aus Georg Teori, wie ihn die Eingeborenen der Südsee nennen. Das größte Abenteuer seines Lebens macht ihn zum Mann, zum Wissenschaftler und zum freiheitlichen Humanisten, der sein Jahrhundert prägt.

ROBERT KURSON *Im Sog der Tiefe*
1991 stoßen Fischer vor der Küste New Jerseys auf ein bislang unbekanntes deutsches U-Boot aus dem Zweiten Weltkrieg. *Im Sog der Tiefe* ist die Erzählung eines fesselnden Abenteuers, in welchem zwei Taucher alles riskieren, um ein großes Geheimnis der Geschichte zu lüften – und damit selbst Geschichte schreiben.

PHILIPPE FREY *Der weiße Nomade*
Dieses Abenteuer hat vor Philippe Frey niemand versucht. Allein mit zwei Kamelen bricht er vom Roten Meer auf. Er gerät in Aufstände, Putsche und Bürgerkriege. Die Tuareg nennen ihn »den weißen Nomaden«. Als er schließlich in Mauretanien am Strand des Atlantischen Ozeans steht, hat er den größten Sieg über sich und die Wüste errungen.

HENRY DE MONFREID
Die Geheimnisse des Roten Meeres
Henry de Monfreid stammte aus bestem Hause, war befreundet mit Matisse, Gauguin, Cocteau. Nach einigen frustrierenden Jahren als Ingenieur brach er 1911 auf ans Rote Meer. Er kaufte sich ein Schiff und lebte unter Fischern, Perlentauchern, Schmugglern, Piraten, Waffenhändlern als einer der Ihren. Seine Schilderungen machten ihn zur Legende.

Mehr über alle Bücher und Autoren auf *www.unionsverlag.com*

Abenteuer erleben mit dem Unionsverlag

RAFAEL SABATINI *Captain Blood*
1685: Von heute auf morgen hat das ruhige Leben des Arztes Peter Blood ein Ende. Weil er einen verwundeten Edelmann behandelt, der in den Aufstand gegen König James II. verwickelt ist, deportiert man ihn als Sklaven nach Barbados. Der Angriff spanischer Piraten gibt seinem Leben erneut eine dramatische Wendung: Er wird zum gefürchteten Freibeuter.

RAFAEL SABATINI *Der Seefalke*
Sir Oliver Tressilian wird fälschlicherweise des Mordes beschuldigt und als Sklave auf eine spanische Galeere verkauft. Als die Korsaren von Algier das Schiff überfallen, schließt sich Sir Oliver ihnen an und wird zum gefürchteten »Seefalken« – bis er eines Tages zurückkehrt, um sich zu rächen und um das Herz seiner Angebeteten zu gewinnen.

RAFAEL SABATINI *Der Schwarze Schwan*
Wie sich der tapfere Abenteurer Monsieur de Bernis durch tollkühne Schachzüge gegen seinen Gegenspieler, den gewalttätigen Piraten Leach durchzusetzen und für sich und die geliebte Frau das Schicksal zum Guten zu wenden vermag, weiß Sabatini mit Spannung und draufgängerischer Eleganz zu erzählen.

EMILIO SALGARI *Sandokan*
Auf der Insel Mompracem führt Sandokan, der »Tiger von Malaysia«, zusammen mit seiner todesmutigen Piratenbande einen Rachefeldzug gegen die britische Kolonialmacht. Diese hat seine Familie ermordet und ihn seines Thrones beraubt. Als er von der geheimnisvollen Perle von Labuan erfährt, entscheidet sich nicht nur sein Schicksal neu.

Mehr über alle Bücher und Autoren auf *www.unionsverlag.com*

Abenteuer erleben mit dem Unionsverlag

DUDLEY POPE *Leutnant Ramage*
Das erste Abenteuer der berühmten Serie um Leutnant Nicholas Ramage. Man schreibt das Jahr 1796: Auf allen Weltmeeren ist die britische Marine mit Napoleon und seinen Verbündeten in blutige Gefechte verstrickt. Nicholas Ramage verliert sein Schiff und steht plötzlich mitten im Zentrum eines heimtückischen Spiels.

DUDLEY POPE *Trommelwirbel*
Admiral Nelson höchstpersönlich erteilt Nicholas Ramage den Befehl, die schöne Marchesa di Volterra sicher nach Gibraltar zu bringen. Doch ein aufkreuzendes englisches Schiff nimmt sie an Bord. Noch schlimmer: Durch einen Verrat gerät Ramage bald darauf in spanische Gefangenschaft.

GERSTÄCKER *Die Flusspiraten des Mississippi*
In den Jahren, als noch keine Dampfboote den mächtigen Mississippi aufwühlten, setzt sich auf einer der zahlreichen Inseln eine Räuberbande fest. Sie überzieht die ganze Region mit Raub und Mord und unterhält in ihrem Versteck sogar eine Falschmünzerei. Das Gesetz ist machtlos, also müssen sich die Bewohner selbst helfen.

HANS LEIP *Die Klabauterflagge*
Der kleine Atje Pott sehnt sich nach der unendlichen Weite des Meeres. Als er mit dem Fischer Matten in See sticht, landen die beiden auf dem Dampfer des wohlhabenden Mr Betterfield. Dieser will um jeden Preis seinen Goldschatz in Griechenland zurückerobern. Mit der wilden Besatzung der Marabell erlebt Atje Pott das größte Abenteuer seines Lebens.

Mehr über alle Bücher und Autoren auf *www.unionsverlag.com*

Auf See mit dem Unionsverlag

Nikos Kavvadias *Die Schiffswache*
Auf dem Chinesischen Meer, Ende der Vierzigerjahre, erzählen sich die Offiziere und Matrosen eines alten griechischen Frachtschiffs in langen Stunden des Wachens die Geschichten über das, was ihr Leben ausmacht: Träume, Abenteuer, Sehnsüchte. Einer der ehrlichsten und bewegendsten Schifffahrtsromane, die je geschrieben wurden.

Ignacio Aldecoa *Gran Sol*
Zwei spanische Fischerboote machen sich auf den Weg zur Fischbank Gran Sol westlich von Irland. Die Männer an Bord zweifeln, streiten, trinken und träumen, hadern mit dem Verlust ihrer Heimat und der Sehnsucht nach ihren Frauen. Sie sind allein mit sich auf dem urgewaltigen Meer, das ihnen Ort ewiger Bewährung ist.

Guy de Maupassant *Auf See*
Maupassants zeitlose Texte über eine zehntägige Kreuzfahrt mit seiner Jacht von Antibes bis Saint Tropez sind gleichzeitig eine Reise durch Geist und Seele des Schriftstellers. Während das Schiff ihn Welle für Welle in die endlose Weite der Gedanken trägt, holen ihn die kurzen Landgänge in die Gegenwart und das Schicksal seiner Zeitgenossen zurück.

Alexander Grin *Purpursegel*
Wie eine fremdartige Blume wächst das Mädchen Assol an einer rauen Meeresküste unter Fischern auf. Eines Tages verkündet ihr ein Märchenerzähler: »Ein weißes Schiff unter riesigen, leuchtenden Purpursegeln wird die Wellen durchschneiden und geradewegs auf dich zukommen.« Seitdem wartet sie auf den Tag, der sie aus ihrem bescheidenen Leben erlöst.

Mehr über alle Bücher und Autoren auf *www.unionsverlag.com*

Menschen und Geschichte im Unionsverlag

CHANTAL THOMAS *Leb wohl, meine Königin!*
Das Porträt einer mutigen Frau: Die Vorleserin Marie-Antoinettes erinnert sich an ihre letzten Momente in Gesellschaft der Königin, kurz nach dem Sturm auf die Bastille. Es sind Augenblicke des zerbrechenden Glücks. Stunde für Stunde zeichnet sich ab, dass die Revolution nicht mehr aufzuhalten ist.

KATHLEEN WINSOR *Amber*
England zur Zeit der Restauration: Unerschrocken kämpft sich eine mittellose junge Frau durch die Jahre des Bürgerkriegs, der Pest und des Großen Brands von London hindurch an den höchsten Platz, den eine Frau in jener Gesellschaft einnehmen kann: Sie wird die erste Geliebte des englischen Königs.

PEARL S. BUCK *Das Mädchen Orchidee*
Mit Klugheit und Tatkraft gelingt es dem einfachen Bürgermädchen Tsu Hsi, von der kaiserlichen Konkubine zur Herrscherin über ein Weltreich emporzusteigen – um den Preis ihrer einzigen und ersten Liebe. Die Nobelpreisträgerin Pearl S. Buck hat aus dem Leben der Kaiserin Tsu Hsi ein atemberaubendes Panorama des alten China geschaffen.

PATRICK DEVILLE *Äquatoria*
Schon als Kind packte ihn das Entdeckungsfieber. In Frankreichs Auftrag reist Pierre Savorgnan de Brazza durch Gabun, Angola, Algerien, in den Kongo, an die Ufer des Tanganjikasees und nach Sansibar. Als er später der brutalen Gewaltherrschaft der kolonialen Regimes begegnet, wird sein Bericht im Safe des Ministeriums weggesperrt.

Mehr über alle Bücher und Autoren auf *www.unionsverlag.com*

Menschen und Geschichte im Unionsverlag

PIRMIN MEIER *Paracelsus*
Theophrastus von Hohenheim, genannt Paracelsus (1493–1541), war zu allen Zeiten eine Herausforderung für das Geistesleben. Am faszinierendsten ist Paracelsus als Arzt. Pirmin Meiers fesselnde Biografie dieses großen Visionärs ist ein Panorama des Lebens und Sterbens, aber auch eines unerbittlichen Kampfes in einer Epoche des Übergangs.

PIRMIN MEIER *Ich Bruder Klaus von Flüe*
Niklaus von Flüe, bekannt geworden unter dem Namen Bruder Klaus (1417–1487), ist der meistgerühmte, meistverehrte, untergründig aber auch der umstrittenste Eremit im Alpenraum. Pirmin Meier vermittelt dem Leser ein Lebens- und Zeitbild aus dem Alpenraum und die Geschichte eines Menschen, dessen große Visionen europaweit ausstrahlten.

DMITRI MERESCHKOWSKI *Leonardo da Vinci*
Maler, Ingenieur, Forscher, Philosoph – Leonardo da Vincis Werk und Wirken strahlt in seiner visionären Kraft und ästhetischen Vollendung bis in unsere Zeit hinein. Der berühmte russische Symbolist Dmitri Mereschkowski hat aus den Quellen der Epoche den bis heute nicht übertroffenen Lebensroman Leonardos geschrieben.

INGE SARGENT *Dämmerung über Birma*
Die junge Österreicherin Inge Sargent wird durch die Heirat mit Sao Kya Seng, Prinz eines birmesischen Bergstaates, unversehens zur »Himmelsprinzessin«. 1962 findet das Märchen ein grausames Ende: Sao Kya Seng wird nach dem Militärputsch verschleppt, Inge Sargent gelingt mit ihren beiden Töchtern die Flucht. In diesem Buch erzählt sie ihre Geschichte.

Mehr über alle Bücher und Autoren auf *www.unionsverlag.com*

Menschen und Geschichte im Unionsverlag

CAMILO SÁNCHEZ *Die Witwe der Brüder van Gogh*
Paris im Jahr 1890: Johanna van Gogh Bonger ist mit Vincent van Goghs jüngerem Bruder Theo verheiratet. Als der Maler sich das Leben nimmt, stirbt kurz darauf auch Theo, erfüllt von tiefer Trauer. Johannas Leben verändert sich von Grund auf, als sie van Goghs Kunst zum Erfolg verhilft.

HALIDE EDIP ADIVAR *Mein Weg durchs Feuer*
Halide Edip Adivars Lebensgeschichte spiegelt den stürmischen Umbruch ihres Landes. Mit wachem Blick verfolgt sie den Untergang des Osmanischen Reichs und das Erstarken der Nationalen Bewegung. Die emanzipierte und eigensinnige Schriftstellerin stellt sich in den Dienst der neuen Türkei, bewahrt jedoch ihren kritischen Blick.

JÖRG SAMBETH *Zwischenfall in Seveso*
Der Chemieunfall in Seveso 1976 war die größte Umweltkatastrophe, die bis dahin in Europa geschah. Jörg Sambeth war für den Reaktor verantwortlich. Die Konzernleitung befahl ihm zu schweigen. Wer trägt die Schuld? Sambeth hat über seine Erlebnisse einen Tatsachenroman aus dem Innenleben eines Weltkonzerns geschrieben.

MANO DAYAK *Geboren mit Sand in den Augen*
»Jedes Mal, wenn ich der Wüste gegenüberstehe, führt sie mich auf die erregende Reise in mein eigenes Ich. Die Wüste scheint ihrem Bewohner ewig, und sie schenkt diese Ewigkeit dem Menschen, der sich ihr verbunden fühlt.« Der Führer der Tuareg-Rebellen schildert in dieser Autobiografie sein bewegtes, viel zu kurzes Leben.

Mehr über alle Bücher und Autoren auf *www.unionsverlag.com*

Unionsverlag Taschenbuch

BÜCHER FÜRS HANDGEPÄCK
Ägypten · Argentinien · Australien · Bali · Bayern · Belgien · Brasilien · China · Dänemark · Emirate · Finnland · Himalaya · Hongkong · Indien · Indonesien · Innerschweiz · Island · Japan · Kalifornien · Kambodscha · Kanada · Kapverden · Kolumbien · Korea · Kreta · Kuba · London · Malaysia · Malediven · Marokko · Mexiko · Myanmar · Namibia · Neuseeland · New York · Norwegen · Patagonien und Feuerland · Peru · Provence · Sahara · Schottland · Schweden · Schweiz · Sizilien · Sri Lanka · Südafrika · Tessin · Thailand · Toskana · Vietnam

SALIM ALAFENISCH
Die acht Frauen des Großvaters (UT 869)

YAŞAR KEMAL Das Reich der Vierzig Augen (UT 866)

EPELI HAU'OFA Rückkehr durch die Hintertür (UT 865)

SALLY MORGAN
Wanamurraganya (UT 864)

FEDERICO JEANMAIRE
Richtig hohe Absätze (UT 863)

SARAH MOSS
Wo Licht ist (UT 862)

RAJA ALEM Sarab (UT 861)

GISBERT HAEFS Die Rache des Kaisers (UT 860)

ÁLVARO MUTIS Triptychon von Wasser und Land (UT 859)

ÁLVARO MUTIS
Abdul Bashur und die Schiffe seiner Träume (UT 858)

ÁLVARO MUTIS Das Gold von Amirbar (UT 857)

ÁLVARO MUTIS Die letzte Fahrt des Tramp Steamer (UT 856)

ÁLVARO MUTIS
Ein schönes Sterben (UT 855)

ÁLVARO MUTIS Ilona kommt mit dem Regen (UT 854)

ÁLVARO MUTIS Der Schnee des Admirals (UT 853)

JULIA BLACKBURN
Goyas Geister (UT 852)

GALSAN TSCHINAG
Mein Altai (UT 849)

SYLVAIN PRUDHOMME
Ein Lied für Dulce (UT 848)

PATRICK DEVILLE Viva (UT 847)

NAGIB MACHFUS Zwischen den Palästen (UT 846)

DMITRI MERESCHKOWSKI
Leonardo da Vinci (UT 835)

JULIA BLACKBURN
Des Kaisers letzte Insel (UT 834)

KATHY ZARNEGIN
Chaya (UT 833)

PETRA IVANOV
Täuschung (UT 832)

MIA COUTO Imani (UT 831)

JÖRG JURETZKA
TauchStation (UT 830)

HELON HABILA
Öl auf Wasser (UT 829)

EKA KURNIAWAN Schönheit ist eine Wunde (UT 828)

CHRISTOPH SIMON
Spaziergänger Zbinden (UT 827)

Mehr über alle Bücher und Autoren auf *www.unionsverlag.com*

Unionsverlag Taschenbuch

BACHTYAR ALI Die Stadt der weißen Musiker (UT 826)
ANUK ARUDPRAGASAM Die Geschichte einer kurzen Ehe (UT 825)
COLIN DEXTER Die schweigende Welt des Nicholas Quinn (UT 822)
COLIN DEXTER Der letzte Bus nach Woodstock (UT 821)
FRANCISCO COLOANE Feuerland (UT 820)
ASLI ERDOĞAN Die Stadt mit der roten Pelerine (UT 819)
JØRN RIEL Sorés Heimkehr (UT 816)
DAGMAR BHEND (HG.) Weihnachten in der Schweiz (UT 815)
JOHANNES MERKEL (HG.) Das Mädchen als König (UT 814)
MAURICE MAETERLINCK Das Leben der Bienen (UT 813)
SALLY MORGAN Ich hörte den Vogel rufen (UT 812)
YAŞAR KEMAL Memed mein Falke (UT 811)
NAGIB MACHFUS Die Kinder unseres Viertels (UT 810)
KOBO ABE Die Frau in den Dünen (UT 809)
AVTAR SINGH Nekropolis (UT 808)
COLIN DEXTER Eine Messe für all die Toten (UT 807)
COLIN DEXTER Zuletzt gesehen in Kidlington (UT 806)
JOSÉ EDUARDO AGUALUSA Das Lachen des Geckos (UT 805)
PATRICK DEVILLE Äquatoria (UT 804)
FISTON MWANZA MUJILA Tram 83 (UT 803)
A. DJAFARI / J. BOOS (HG.) Vollmond hinter fahlgelben Wolken (UT 800)
JURI RYTCHËU Die Suche nach der letzten Zahl (UT 799)
JOHANNES MERKEL (HG.) Löwengleich und Mondenschön (UT 798)
CHRISTINE BRAND Mond (UT 797)
BJÖRN LARSSON Träume am Ufer des Meeres (UT 796)
LEONARDO PADURA Neun Nächte mit Violeta (UT 795)
XAVIER-MARIE BONNOT Im Sumpf der Camargue (UT 794)
JAMES MCCLURE Artful Egg (UT 793)
JAMES MCCLURE Blood of an Englishman (UT 792)
KEN BUGUL Riwan oder der Sandweg (UT 791)
PATRICK DEVILLE Kampuchea (UT 790)
CHRISTOPH SIMON Franz oder Warum Antilopen nebeneinander laufen (UT 789)
CLAUDIA PIÑEIRO Ein wenig Glück (UT 788)
YAŞAR KEMAL Die Disteln brennen (UT 785)
MAHMUD DOULATABADI Kelidar (UT 784)
JÖRG JURETZKA TrailerPark (UT 783)

Mehr über alle Bücher und Autoren auf *www.unionsverlag.com*